JOSÉ MARTÍ:
ANTOLOGIA

Luiz Ricardo leitão (org.)

JOSÉ MARTÍ: ANTOLOGIA

Tradução:
Luiz Ricardo Leitão

1ª edição

EXPRESSÃO POPULAR

São Paulo – 2023

Copyright © 2023, by Editora Expressão Popular Ltda.

Traduzido de: *José Martí: Tres documentos*. La Habana: Editorial José Martí, 1984 (textos em prosa); Martí, José. *Obras escogidas*. Tomos I e II. La Habana: Editorial de Ciencias Sociales, 2002 (antologia poética).
Tradução: Luiz Ricardo Leitão
Produção editorial: Miguel Yoshida
Revisão de tradução: Aline Piva
Revisão: Miguel Yoshida
Projeto gráfico e diagramação: Zap design
Capa: Marcos Cartum

Dados Internacionais de Catalogação-na-Publicação (CIP)

J83   José Martí: antologia / Luiz Ricardo Leitão, organização e tradução. -- 1.ed. —São Paulo: Expressão Popular, 2022.
125 p.

Edição bilíngue: português e espanhol.
ISBN 978-65-5891-082-4

1. Martí, José, 1853-1895. 2. Literatura cubana - Poesia. 3. Poesia cubana. I. Leitão, Luiz Ricardo. II. Título.

CDU 860(729.1)-8

Catalogação na Publicação: Eliane M. S. Jovanovich CRB 9/1250

Todos os direitos reservados.
Nenhuma parte deste livro pode ser utilizada ou reproduzida sem a autorização da editora.

1ª edição: janeiro de 2023.

EDITORA EXPRESSÃO POPULAR
Rua Abolição, 197 – Bela Vista
CEP 01319-010 – São Paulo – SP
Tel: (11) 3112-0941 / 3105-9500
livraria@expressaopopular.com.br
www.expressaopopular.com.br
 ed.expressaopopular
 editoraexpressaopopular

Sumário

Apresentação: José Martí, o *Apóstolo da Independência* em prosa e verso 7
Luiz Ricardo Leitão

TRÊS DOCUMENTOS ESSENCIAIS

Nota do Tradutor 27
Nossa América 31
A verdade sobre os Estados Unidos 45
Carta a Manuel Mercado 53

POEMAS ESCOLHIDOS DE JOSÉ MARTÍ

Nota do tradutor 61
Ismaelillo 65
    Prólogo 66
    Prólogo 67
    Sueño despierto 68
    Sonho acordado 69
    Mi caballero 70
    Meu cavaleiro 71
    Hijo del alma 72
    Filho da alma 73
    Amor errante 74
    Amor errante 75

Versos Libres/Versos livres 79
    Mis Versos 80
    Meus versos 81

[Contra el verso retórico...] 82
[Contra o verso retórico...] 83
Dos Patrias 86
Duas pátrias 87
Domingo Triste 88
Domingo triste 89
Al Extranjero 90
Ao estrangeiro 91
[Mis versos van revueltos y encendidos] 92
[Meus versos saem embaralhados e em chamas] 93
Mi Poesía 94
Minha poesia 95

Versos sencillos/Versos simples 103
I 110
I 111
V 116
V 117
VIII 118
VIII 119
XLV 120
XLV 121

Breve notícia sobre o organizador 125

Apresentação: José Martí, o *Apóstolo da Independência* em prosa e verso

A maioria das pessoas que visitam Cuba pela primeira vez chega à "Pérola do Caribe" sem ter a dimensão de quão idiossincrática é a pátria de José Martí. O arquipélago exibe identidade própria, forjada em mais de dois séculos de luta pela emancipação nacional, seja contra a metrópole europeia, seja contra o insaciável Império do Norte. De fato, conforme nos adverte o historiador cubano Eduardo Torres-Cuevas, sua história de resistência contra o poderoso vizinho ianque remonta ao final do século XVIII – ou seja, é anterior até mesmo às manifestações de desmedido chauvinismo assumidas por Thomas Jefferson, um dos "pais fundadores" dos Estados Unidos, na primeira década do século XIX, e ao belicoso preceito expresso por John Quincy Adams, secretário de Estado do presidente Monroe, em 1823, segundo o qual, por sua posição geográfica, as ilhas caribenhas seriam "apêndices naturais" do território estadunidense.

Encantados com a beleza da paisagem e o calor humano dos cubanos, os turistas desavisados sequer imaginam que a maior das Antilhas motivou diretamente a formulação das duas diretrizes básicas da política de expansão imperial dos EUA sobre o continente, segundo anotou Darcy Ribeiro em

As Américas e a civilização. A primeira foi a *Doutrina Monroe*, que nasce com o propósito de fundamentar juridicamente a dominação ianque sobre os vizinhos. Na mensagem enviada pela Casa Branca ao Congresso, em 2 de dezembro de 1823, os Estados Unidos rechaçam as pretensões neocoloniais das potências europeias nas Américas e sua eventual intervenção nos processos de independência nacional então em curso, deixando implicitamente enunciado que a América Latina seria um futuro protetorado estadunidense e que, pelas "leis da gravidade política", países como Cuba e Porto Rico eram "frutas maduras", prestes a cair no seio da União Americana. Essa profissão de fé imperialista do Tio Sam viria a ser ilustrada pelo impetuoso ingresso de suas forças no desfecho da *II Guerra de Independência* de Cuba, em 1898, quando as tropas *mambises*[*] estavam prestes a derrotar o exército espanhol.

A segunda seria a famigerada *"Aliança para o Progresso"*, proposta pelo presidente John Kennedy em 1961 como "um programa de ajuda econômica e social dos EUA para a América Latina", com investimentos da ordem de 20 bilhões de dólares. A chamada *"Aliança"*, em realidade, era o eufemismo pelo qual se designou a tutela do Império do Norte sobre o capitalismo periférico latino-americano, em resposta ao inusitado desafio representado pela vitoriosa Revolução Cubana. Afinal, o conteúdo anti-imperialista e a progressiva adesão do regime insular ao ideário socialista prenunciavam

---

[*] O termo *mambises* (plural de *mambí*) refere-se aos guerrilheiros dominicanos, cubanos e filipinos que, no séc. XIX, participaram das lutas separatistas de seus países, então submetidos ao jugo colonial da Coroa espanhola. Eles atuaram, respectivamente, na guerra da Restauração na República Dominicana (1863-1865) e nas guerras de independência de Cuba e das Filipinas. A etimologia da palavra é controversa, mas Mestre Nei Lopes nos ensina que, provavelmente, ela é a forma plural do quicongo *mbi* (mau, ruim, malvado), pela adição do prefixo *ma* ("malvados"), segundo anota Laman (1936).

crescentes obstáculos à hegemonia político-econômica do Tio Sam sobre a região, sobretudo após o estabelecimento de laços políticos e diplomáticos entre uma incômoda ilha situada a pouco mais de 100 milhas dos *cayos** da Flórida e a temível União Soviética, em plena *Guerra Fria*, no limiar dos anos 1960.

A longa e conturbada história de lutas do povo cubano dotou-o de um arraigado sentimento anti-imperialista e de uma profunda consciência nacional, cuja rara dimensão muitos de nós, brasileiros e latino-americanos em geral, sequer logramos avaliar. Ele protagonizou duas campanhas de Independência no século XIX, mas, ao libertar-se, padeceu uma intervenção branca dos EUA, explicitamente manifesta nas cláusulas da Emenda Platt (incorporada à Constituição cubana em 1901). Por outro lado, se já não bastasse o aprendizado concreto da frente de batalha, toda aquela árdua experiência histórica que forjaria os líderes do século XX foi esteticamente condensada no pensamento e na obra do notável poeta e prosador José Martí, ele próprio uma súmula viva do preceito de que *"viver é combater"*.

Morto na batalha de Los Olmos, em 19 de maio de 1895, quando se iniciava a etapa final da *Segunda Guerra de Independência* (1895-1898), Martí legou a seus compatriotas lições definitivas sobre o perigo que representaria a capitulação perante o implacável vizinho. Ele vivera "no monstro" e conhecera "as suas entranhas", conforme escreveu ao amigo Manuel Mercado na véspera de sua morte (leiam a carta traduzida adiante nesta obra), e por isso tinha plena ciência da

---

* Os *cayos* são ilhotas arenosas de baixa altitude e pequena extensão, com escassa vegetação e fauna reduzida, que rodeiam a ilha de Cuba, sobretudo ao sul (onde está o *Cayo Largo del Sur*) e ao norte em que se destacam o *Cayo Guillermo*, o *Cayo Coco* e o *Cayo Santa María*), todos eles atrações turísticas do país.

voraz ambição imperial. Muito antes de Lenin e sua clássica obra *O Imperialismo, etapa superior do capitalismo* (1916),* o autor cubano já nos descrevera em detalhes o processo de formação de uma nação imperialista, cujo primeiro objeto de cobiça nas Américas, ao lado de México e Porto Rico, era a própria ilha de Cuba.

Martí seria o mentor espiritual do assalto ao Quartel Moncada, em 26 de julho de 1953, data que se tornaria um marco da epopeia cubana em busca da tão almejada soberania nacional – e, não por acaso, o ano do centenário do *Apóstolo*, nascido em Havana em 28 de janeiro de 1853. Fidel Castro, o jovem advogado que liderou a frustrada ação contra o ditador Fulgencio Batista em Santiago de Cuba, capital da mais importante província no lado leste do arquipélago, não hesitou em invocá-lo em sua autodefesa perante os tribunais da ditadura, um libelo que mais tarde se tornaria célebre sob o título de *A história me absolverá*.** O *"Apóstolo da Independência"* também iria inspirar a direção revolucionária do Movimento 26 de Julho e seus principais aliados na luta de guerrilhas que culminou com a deposição de Batista em 1º de janeiro de 1959. O próprio "Che" Guevara, nascido em um país que também abrigara expoentes maiúsculos da causa libertária na América Latina, invocaria o pensamento do maestro em sua formulação teórica, postulando como poucos o quão importante seria a preservação da soberania – não apenas política, mas sobretudo econômica e tecnológica – para a construção de um sólido e autêntico projeto nacional.

---

* Cf. edição brasileira: Lenin, V. I. *Imperialismo, estágio superior do capitalismo*. São Paulo: Expressão Popular, 2012.
** Cf. edição brasileira: Castro, Fidel. *A história me absolverá*. São Paulo: Expressão Popular, 2010.

Tais ingredientes terminam por concorrer decisivamente para a conformação de uma idiossincrasia que talvez figure como um mote difuso e quase incompreensível aos olhos dos brasileiros e das brasileiras, cuja história não registra qualquer episódio mais significativo de ruptura da ordem colonial ou neocolonial. Ao contrário: até o limiar deste grotesco século XXI, nossa evolução socioespacial tem sido determinada por sucessivos acordos entre velhas e novas frações das classes dominantes, em estreita consonância com os interesses da burguesia transnacional. É por isso que, na retomada de publicações de literatura *latino-americana* da Editora Expressão Popular, julgamos mais do que oportuno apresentar ao público-leitor, ávido por informações sobre Cuba, uma seleta literária em verso e prosa de José Martí, o incansável revolucionário cuja vida e cuja obra foram inteiramente dedicadas à causa de emancipação de sua pátria e à tarefa de formação cultural e letrada de seus conterrâneos (inclusive as crianças, para as quais dedicou a revista mensal *La Edad de Oro*, com contos e poesias de raro sentido humanista). Afinal, é preciso *"ser culto para ser livre"*.

Um escritor revolucionário e um revolucionário escritor
Vivendo entre duas guerras de Independência, o poliédrico José Julián Martí Pérez – misto de intelectual, jornalista, filósofo, poeta e aguerrido combatente – pôde subverter por completo a lógica metafísica que o *ioiô* Brás Cubas, personagem clássico de Machado de Assis, postula ao redigir as suas *Memórias póstumas*, publicadas no Rio de Janeiro em 1881. Enquanto nós assistíamos passivamente ao ocaso da sociedade escravocrata agromercantil do Segundo Reinado, os cubanos se alçavam em luta contra os espanhóis já em 1868, quando se inicia a célebre *Guerra dos Dez Anos*, primeira

etapa do longo processo que avançou até o final do século XIX e culminou com a vitória da Revolução Cubana em 1959.

De fato, entre Cuba e *Cubas* existia uma larga distância política e social. O narrador de Machado era o ícone de um país assentado no regime de agroexportação e cevado na cultura da *casa-grande & senzala*. Expressão da desfaçatez de nossas classes dominantes, cujo discurso liberal era incapaz de encobrir sua prática autoritária e excludente, o volúvel personagem declara, na abertura da obra, não ser propriamente "*um autor defunto, mas um defunto autor*". Assim, com a ironia típica do bruxo do Cosme Velho, suas memórias são dedicadas "*ao verme que primeiro roeu as frias carnes do meu cadáver*" – sinalizando, com essa ficção desprovida de veto ao imaginário, que, nesta terra onde o povo nunca interferiu decisivamente nos rumos da vida pública nacional, talvez seja melhor posar de morto para manter os privilégios que sua classe lhe brindou.

José Martí, por sua vez, jamais cultivou dilemas metafísicos. Ilustrado e combativo, optou desde jovem por ser um *escritor revolucionário* e um *revolucionário escritor*. Com sua obra e sua práxis, tornou-se em sua breve passagem pelo planeta o herói nacional de Cuba, algo inconcebível para a brava gente brasileira, cuja frágil história política é pontuada por eventos patéticos, desprovidos de qualquer apelo popular. Que o diga o nosso simulacro de Independência, decretada por um príncipe português no meio do mato,* e a proclamação da República, epílogo opaco de um Império para o qual, segundo

---

* É mais do que sintomático desse alheamento popular frente à data o fato de que o feriado nacional de Sete de Setembro represente apenas um dia de descanso, churrasco ou folguedo para a maioria do povo brasileiro – ou, mais recentemente, de arroubos golpistas do tosco presidente da República das Milícias. A bem da verdade, somente em um lugar do Brasil se comemora – em outra data – a Independência do país: é na Bahia, de cuja capital Salvador os portugueses foram expulsos a 2 de julho de 1823 (diga-se de passagem,

a sarcástica definição de Caio Prado Jr., "uma simples passeata militar foi suficiente para lhe arrancar o último suspiro [...]" (Prado Jr., 1977, p. 90). Quando muito, o perfil aguerrido do cubano nos sugere a figura tangível de um personagem que, no Brasil, à falta de outro prócer mais efetivo, corresponderia, de acordo com a história oficial, a Tiradentes, o inconfidente condenado à forca em Minas Gerais, a quem os livros escolares denominam de "mártir" da Independência.

Martí, porém, é mais do que um *mártir*: ele é um *apóstolo*, ou seja, o propagador de uma ideia e de uma causa que, ano após ano, batalha após batalha, enraizou-se na população. Em vez de acatar a consigna da anexação de Cuba aos EUA, defendida pela burguesia açucareira (índice cabal da completa submissão do latifúndio agroexportador ao império ianque), ou a retórica pseudorreformista e modernizadora do Partido Liberal Autonomista (que era favorável à autonomia administrativa da ilha sem a ruptura dos laços coloniais com a metrópole espanhola), os *mambises* terminaram por subscrever a proposta radical do *Apóstolo*, inspirada na linha revolucionária de Antonio Maceo, já devidamente expressa no *Protesto de Baraguá** ao final da *Guerra dos Dez Anos*.

---

  com uma 'pequena' ajuda da esquadra inglesa, que participou do cerco às tropas da Coroa portuguesa, sob as ordens do Almirante Cochrane).

* O *"Protesto de Baraguá"* é um dos marcos da luta travada pelos cubanos em prol da sua independência. Ele se dá ao final da *Guerra dos Dez Anos*, quando uma parte dos chefes *mambises*, já desgastada por nove anos de combate, aceita a proposta de paz apresentada pelo general espanhol Arsenio Martínez-Campos, Capitão Geral da ilha, que prometera anistia a quem depusesse suas armas. Essa capitulação se expressa na assinatura do *"Pacto del Zanjón"*, firmado a 10 de fevereiro de 1878 por Martínez-Campos e o chamado Comitê do Cerro (antiga Câmara de Representantes). A resposta política do núcleo mais rebelde proveio justamente do General Antonio Maceo, que, em reunião com o espanhol a 15 de março do mesmo ano, em um município da zona oriental próximo a Santiago, refutou o acordo de paz

Quando rechaça o acordo com os espanhóis, ele deixa bem claro que o *Protesto* não significava um suicídio heroico, ou uma imolação para salvar a honra, mas sim a compreensão de que *era possível a vitória sem abdicar dos princípios: de que valeria uma Guerra de Independência se esta não resultasse em profundas transformações sociais para a ilha?*

O poeta e prosador que ora apresentamos aos que lutam por justiça social, soberania e poder popular no Brasil e na América Latina representa, de certa forma, o elo central de uma longa cadeia de rebeldia que constitui um dos traços mais acabados da história cubana. Sua convicção e sua clarividência são equiparáveis às de Céspedes e Maceo, que jamais subestimaram a firme determinação de seus compatriotas e demais aliados em lutar pela plena independência do país. Enquanto os autonomistas e anexionistas tendiam irreversivelmente a uma aliança e terminaram o século XIX em franca sintonia,* o *Apóstolo* seguia a trilha diametralmente oposta: conjugando a bandeira da independência com a luta por justiça social, funda o Partido Revolucionário Cubano em

---

e reafirmou os objetivos básicos que haviam conduzido os cubanos à luta (a separação total de Cuba da Espanha), consignados no histórico *Manifesto de 10 de Outubro*, divulgado por Carlos Manuel de Céspedes ao início da Guerra, em 1868.

* O acordo pode ser ilustrado pela vasta correspondência trocada entre 1898 e 1902 por José María Gálvez (presidente do Partido Liberal Autonomista e do efêmero governo autonômico de 1898) com o cubano-estadunidense José Ignacio Rodríguez (assessor e tradutor oficial da delegação ianque na assinatura do *Tratado de Paris*, firmado por Espanha e EUA em 1898, ao final da Guerra Hispano-estadunidense). O conflito fora deflagrado pelo naufrágio do navio ianque *Maine* (supostamente sabotado pelos espanhóis) naquele mesmo ano, na baía de Havana, quando as tropas cubanas já estavam prestes a derrotar as forças da metrópole. A entrada dos Estados Unidos no conflito implicou o fim do império ibérico: o acordo resultou na proclamação da pseudoindependência de Cuba e na cessão das Filipinas, Guam e Porto Rico aos EUA pela bagatela de US$ 20 milhões.

1892 e organiza as forças rebeldes para ir às raízes da questão nacional e construir coletivamente a via de edificação de um país livre e soberano (Ubieta Gómez, 2004).

Martí em prosa: um arauto da Pátria Grande e da revolução

Os três textos de José Martí que compõem a seção em prosa deste volume – "Nossa América" (publicado no México em 1891), "A verdade sobre os Estados Unidos" (redigido em Nova York em 1894) e "Carta a Manuel Mercado" (escrita no campo de batalha em 1895) – são apenas uma singela ilustração de sua larga produção nesse tipo de composição textual, que reúne ensaios, cartas, artigos jornalísticos e muitos outros escritos do autor ao longo de sua jornada política e existencial. Em todos eles, conjuga-se o ardor e a determinação do revolucionário com a clareza de expressão e a agudeza de espírito do prosador, que, sem jamais abdicar de sua veia poética, vale-se inúmeras vezes de imagens que vieram a calar fundo no imaginário coletivo cubano e latino-americano.

É assim que, já na abertura do antológico libelo "Nossa América", ele adverte o "aldeão vaidoso", para quem "o mundo inteiro é sua aldeia", sobre a sua miopia política. Incapaz de pensar no bem-estar coletivo, seu egoísmo e cegueira o impede de pressentir o perigo dos "gigantes de sete léguas nas botas" que o poderão pisotear a qualquer hora, ou seja, a ameaça concreta de expansão do Império do Norte sobre suas terras. Faltava ainda maturidade a muitos de seus compatriotas, que desprezavam a origem *criolla* e não tinham fé na própria pátria; era uma gente de braço débil, de "unhas pintadas e pulseira", que sonhava em viver na "civilizada" França ou na Espanha – mazela que, até hoje, assola boa parte das vaidosas e arrogantes elites da América Latina.

Muito antes que José Carlos Mariátegui (1894-1930) escrevesse os *Sete ensaios de interpretação da realidade peruana** (singular investigação sobre a história econômica de seu país sob a ótica do materialismo histórico), ocupando-se, de forma inédita, da sociedade hispano-americana a partir de seus temas e desafios essenciais (como o *problema indígena* e a *questão agrária*), Martí já nos alertava sobre a necessidade de sermos originais na busca de soluções para a *Nossa América*. Desde o estudo dos antepassados até a formulação de políticas públicas, nada deveria ser artificial ou importado:

> A história da América, dos incas até aqui, há de ser ensinada minuciosamente, ainda que não se ensine a dos arcontes da Grécia Nossa Grécia é preferível à Grécia que não é nossa. Ela nos é mais necessária. Os políticos nacionais hão de substituir os políticos exóticos. Enxerte-se nas nossas repúblicas o mundo; porém o tronco há de ser o das nossas repúblicas. (ver, adiante, p. 36)

A concepção política das novas formas de poder também deveria guiar-se por tais premissas: "O governo há de nascer do país. O espírito do governo há de ser o do país. [...] O governo nada mais é do que o equilíbrio dos elementos naturais do país" (ver, adiante, p. 34). Em suma, já não cabia mais o exercício do poder por figuras que se formavam em universidades estrangeiras, adotavam modelos importados e desconheciam ou subestimavam a história e as culturas de um território híbrido, sincrético e miscigenado. É assim que ele cunha algumas das imagens mais plásticas e potentes de seu ideário, quando, por exemplo, afirma que a "nossa Grécia" é preferível àquela que não é nossa. E assim, com

---

* Cf. edição brasileira: Mariátegui, José Carlos. *Sete ensaios de interpretação da realidade peruana*. São Paulo: Expressão Popular/Clacso, 2008.

extremo orgulho e simplicidade, exorta os jovens da América a arregaçarem as mangas, meterem as mãos na massa e construírem o futuro com a levedura do seu suor. Basta de tanta imitação! "A salvação está em criar. Criar é a palavra-chave desta geração. O vinho é de banana; e, mesmo se sair azedo, é o nosso vinho!" (ver, adiante, p. 40).

Coube a José Martí, ainda, o valioso ensinamento incutido aos revolucionários de todos os continentes de que "trincheiras de ideias valem mais do que trincheiras de pedra" (ver, adiante, p. 31) – consigna que, nos anos mais árduos e espinhosos do chamado "Período Especial" de Cuba (durante a década de 1990, após a queda do "socialismo real" no Leste Europeu), estimulou a resistência da população do arquipélago às agruras materiais e financeiras que o colapso da ex-União Soviética lhe impôs. Em *Nossa América*, tal pensamento se manifesta em diversas passagens, entre elas, a sugestiva metáfora náutica que sentencia: "Não há proa que rompa uma nuvem de ideias. Uma ideia enérgica, desfraldada em tempo hábil perante o mundo, detém, como a bandeira mística do juízo final, uma esquadra de encouraçados" (ver, adiante, p. 31).

Tão ou mais clarividente e precisa seria ainda a réplica de Martí ao letal ideologema cunhado por Domingo Faustino Sarmiento na obra *Facundo: civilización y barbarie* (1845), virulenta prédica anti-indigenista e antiamericana do político e escritor que governou a Argentina de 1868 a 1874. Ao recusar com veemência a mestiçagem e subscrever a ação genocida do colonizador, declarando que a "civilização" correspondia ao estágio do homem europeu do século XIX e que "a América só progrediu graças ao extermínio" (Cf. Viñas, 1989, p. 16-17), Sarmiento acaba por estabelecer um antagonismo inexorável entre o campo e a cidade – esta, descrita como berço dos "últimos progressos da razão humana" e, aquele, tachado de "abrigo da barbárie que o primitivismo humano simboliza". Enfim, uma vistosa e nociva imagem que encerra apenas uma antinomia meramente discursiva, incapaz de explicar a complexa articulação cidade-campo na órbita do capitalismo, mas de efeitos nefastos na formação do imaginário coletivo nacional da *Pátria Grande*.

O sinistro dístico de Faustino, cumprido à risca em seu governo com a sanguinária e genocida campanha de extermínio das populações ameríndias da Argentina, impregnou por completo a mentalidade das elites neocoloniais do subcontinente, cuja intolerância não se voltou apenas contra os povos indígenas, mas também cevou o ódio secular contra os filhos da Mãe África. Não por acaso, em recente ensaio de sua lavra, o historiador brasileiro Luiz Antonio Simas, ao tratar do feroz preconceito vigente no Brasil contra os cultos de terreiro que aqui se forjaram com a diáspora africana, evoca a falaciosa dicotomia formulada há quase dois séculos por Sarmiento, denunciando-a com algumas diatribes dignas de Martí:

> O discurso do colonizador europeu sobre os indígenas e os povos da África, fortalecido pela expansão imperialista da segunda metade do século XIX, atribuiu a estes a pecha de naturalmente atrasados, primitivos, despossuídos de história, dependentes de elementos externos – como a ciência, o cristianismo, a democracia representativa, a escola ocidental – que poderiam inseri-los subalternamente no processo civilizatório. (Simas, p. 18)

Desvelando a armadilha ideológica do *Facundo*, o *Apóstolo* não hesitou em afirmar que, em nossa América, "o mestiço autóctone venceu o *criollo** exótico" e "o livro importado foi

---

* O termo *"criollo"* é aqui empregado na acepção que assumiu na América Hispânica desde a era colonial, ou seja, designando os descendentes de espanhóis nascidos no continente americano, os quais, durante largo tempo,

vencido pelo homem natural". Em suma, com a vitória dos "homens naturais" sobre "os letrados artificiais", a premissa de Sarmiento tornou-se insustentável: "Não há batalha entre a civilização e a barbárie, mas sim entre a falsa erudição e a natureza" (ver, adiante, p. 34). Não poderia ser mais eloquente a réplica do cubano ao portenho que admirava o progresso dos Estados Unidos e via no emergente Império o ideal de nação "moderna", sonhando em fazer da Argentina um país totalmente urbanizado e integrado às pautas das potências capitalistas estrangeiras. A saída jamais seria copiar o modelo alheio e aceitar o destino colonial da América Latina, mas sim criar suas próprias políticas de desenvolvimento humano, econômico e social, fundadas no sólido conhecimento da nossa história e na valorização permanente da nossa cultura.

O prosador revolucionário revela-se, pois, um combatente de raro tirocínio político e histórico, que antevê como poucos os perigos da expansão imperialista dos EUA, país que há muito já reclamava "relações íntimas" com o seu "quintal". Ele denota, igualmente, uma aguda consciência sobre o processo de formação das jovens nações latino-americanas, cujos processos de independência transitavam ainda por trilhas tortuosas, com diversas guerras civis e conflitos violentos travados entre os próprios países recém-emancipados, o que só favorecia os propósitos expansionistas da águia traiçoeira de Washington. Esse firme compromisso com a causa anti-
-imperialista o guiou até os últimos dias de vida, conforme atesta a valiosa "Carta a Manuel Mercado", súmula final de sua profissão de fé, em que Martí, em pleno campo de batalha, alerta:

---

foram proibidos de participar da administração e da vida política dos países submetidos à Coroa espanhola.

> A guerra de Cuba, realidade superior aos vagos e dispersos desejos dos cubanos e espanhóis anexionistas, para os quais sua aliança com o governo da Espanha só iria dar um poder relativo, surgiu na América no momento certo, para evitar, mesmo contra o emprego de todas essas forças, a anexação de Cuba aos Estados Unidos. (ver, adiante, p. 55)

Ainda que o objetivo estratégico do escritor *mambí* não tenha se concretizado naquela jornada, sua lição permaneceu viva nos corações dos rebeldes cubanos do século XX. Ela os inspira desde a geração de Julio Antonio Mella (1903-1929) e Rubén Martínez Villena (1899-1934), que fundam o Partido Comunista Cubano (PCC) na década de 1920 e resistem bravamente à ditadura de Gerardo Machado, até a gesta vitoriosa de Fidel Castro, Camilo Cienfuegos, Haydée Santamaría e seus pares nos anos 1950, iniciada com o assalto frustrado ao Quartel Moncada, em 26/7/1953, e concluída com a derrubada do ditador Fulgencio Batista, em 1/1/1959. Todos eles buscam, no legado martiano, armas para a sua luta, ensejando o ressurgimento das ideias nacionalistas no país na década de 1930 (uma resposta incisiva à penetração dos grupos financeiros ianques em Cuba, convertida em paraíso da máfia estadunidense, que organizava o turismo e os jogos ilegais). E dessa fusão madura dos ensinamentos de Martí com o ideário marxista surge, por fim, a base ideológica da vitoriosa Revolução Cubana, que há mais de seis décadas lançou uma estrela sobre a *Pátria Grande*.

A lírica de Martí: talhos das próprias entranhas

O ardor revolucionário do *Apóstolo* traduz-se em sua lírica por uma comunhão única entre conteúdo e forma. De antemão, o que nos impressiona é a sua capacidade de reunir dialeticamente, na árdua criação estética, elementos de diversas fases das letras hispano-americanas, desde o Romantismo até o Modernismo.* Sem abdicar da herança romântica, ele seria, para muitos, o precursor da dispersa corrente literária *modernista*, que possui no nicaraguense Rubén Darío, no argentino Leopoldo Lugones e no próprio José Martí alguns de seus representantes mais expressivos. Todos eles são, em última instância, porta-vozes singulares de circunstâncias históricas que afligem os povos da *Pátria Grande* ao final do século XIX, buscando verter o espírito de sua época em novas formas de expressão poética. Afinal, como exprimir em palavras as sequelas e os dilemas sobrevindos das lutas de Independência, em meio ao célere processo de transformação cultural e tecnológica do mundo ocidental e sob a ameaça concreta de avanço do imperialismo ianque sobre a América Hispânica?

Desse modo, a profissão de fé martiana é absolutamente cristalina, expressa com total sinceridade na dedicatória feita ao filho em *Ismaelillo* (1882), que reúne cálidas odes de amor filial, e depois reiterada nos prólogos de duas de suas maiores obras: *Versos livres* (1882) e *Versos simples* (1891). No primeiro, ele é mais que direto, não deixando margem a dúvidas: "Estes são meus versos. São como são. A ninguém os pedi emprestados. Já que eu não pude plasmar plenamente minhas visões sob uma forma adequada, deixei voar minhas visões" (ver, adiante, p. 81). O lavor "inadequado" é, por certo, um exagero retórico do autor, que confessava ser avesso à tarefa de "ajustar versos" – a qual ele dominava, mas não

---

* O conceito de Modernismo assume na América Hispânica valor diverso do movimento que eclodiu no Brasil em 1922. A nova tendência literária, que o poeta Rubén Darío já mencionava em 1888, denota o gosto pelo refinamento expressivo, pela busca da sonoridade na linguagem e por um espírito cosmopolita de quem anseia por transcender o seu lar, como anotou certa vez o crítico e escritor mexicano Octavio Paz.

desejava, aparentemente, cultivar. A honestidade da poesia, porém, que Martí sempre quis abraçar, fez com que este não ocultasse sua obsessão pela estreita conexão de conteúdo e forma, compartilhando com os leitores e leitoras a sua clave poética, mescla de beleza e compromisso militante:

> Assim como cada ser humano carrega consigo uma fisionomia, cada inspiração possui sua linguagem. Amo as sonoridades difíceis, o verso escultórico, vibrante como a porcelana, esvoaçante como uma ave, ardente e esmagador como uma língua de lava. O verso há de ser como uma espada reluzente, que deixa nos espectadores a lembrança de um guerreiro que vai a caminho do céu e, ao embainhá-la no sol, se parte em asas. (ver, adiante, p. 81)[*]

Em seu engajamento lírico, José Martí converte os versos em lâminas afiadas que, banhadas com o próprio sangue do poeta, cortam os tempos aziagos de Cuba com o vigor, a experiência e a determinação de um *mambí* empenhado na libertação de sua terra e seus compatriotas:

> Os talhos são estes de minhas próprias entranhas, meus guerreiros. Nenhum deles me veio – requentado, artificial ou recriado – da mente, mas sim como as lágrimas me saem dos olhos e o sangue salta aos borbotões da ferida. Eles não surgiram de tal ou qual motivo, mas sim de mim mesmo. Não vão escritos com a tinta da Academia, mas sim em meu próprio sangue. O que aqui lhes dou a ver eu já pude ver antes (eu o vi, eu). (ver, adiante, p. 81)

E assim brotam os hendecassílabos ríspidos, "nascidos de grandes medos e grandes esperanças, ou ainda de um indômito amor pela liberdade, de um amor doloroso pela formosura, como regato de ouro natural, que corre entre areia,

---

[*] Martí, José. "Meus Versos". Prólogo do volume *Versos Livres*, publicado originalmente em 1882.

águas turvas e raízes, ou como ferro em brasa, que faísca, ou como jatos escaldantes" (ver, adiante, p. 110) – conforme Martí descreve em carta endereçada a Manuel Mercado e Enrique Estrázulas (cf. Martí,1891). Entre a publicação da primeira obra, datada de 1882, até a divulgação da segunda, em 1891, quase uma década se foi; nesse ínterim, o fervor do poeta militante temperou-se com a indignação e a angústia do cidadão guerreiro, fazendo com que ele se tornasse ainda mais contundente e arrebatado ao compor os *Versos simples*, cujos poemas lhe saíram "do coração".

Segundo ele mesmo confessa na mensagem enviada aos dois amigos, o horror e a vergonha tomaram conta de seu espírito "face ao temor legítimo de que pudéssemos os cubanos, com mãos parricidas, colaborar com o plano insensato de separar Cuba, para proveito único de um novo senhor disfarçado, da pátria que a reclama e nela se completa, da pátria hispano-americana" (ver, adiante, p. 110). E foi essa comoção que, por certo, contribuiu para que, na derradeira etapa de sua produção literária, Martí adotasse vias menos grandiloquentes ou rebuscadas de enunciação, buscando a simplicidade, convicto da necessidade de *"expressar o sentimento em formas simples e sinceras"*. Disso nos dão prova os versos singelos e melodiosos dos poemas então compostos, entre os quais se deve incluir a estrofe antológica que inspira a canção "Guantanamera":*

> Eu sou um homem sincero
> De onde cresce a palmeira
> E antes de morrer quero
> Verter meus versos da alma.

---

* Tema tradicional do cancioneiro popular cubano, cuja letra, atribuída a Joseíto Fernandez (e, ainda, segundo outras fontes, a Julián Orbón e Pete Seeger), reproduz e recria os versos do poema de Martí.

Deixamos, pois, aos leitores e leitoras deste volume a tarefa de desvelar as múltiplas faces do *Apóstolo*, um guerreiro que lutou com a espada e o verbo pela libertação de sua pátria do jugo colonial e do expansionismo imperialista, tornando-se, por certo, o maior ícone da luta por independência, justiça social e soberania nacional do heroico povo de Cuba. Oxalá a prosa e a lírica de Martí reverberem entre nós com a mesma força e paixão que lograram despertar nos revolucionários e revolucionárias da pérola do Caribe. Cá, ao sul do Equador, também carecemos desse inebriante vinho de banana para nos estimular a finalmente construir, de mãos dadas e com muita luta, um país independente, soberano, igualitário e popular – sonhando, de olhos abertos, com a unidade da espoliada, porém brava e resistente, *Pátria Grande*.

Vila Isabel, 19 de setembro de 2022
Luiz Ricardo Leitão

Referências
LAMAN, K.E. *Dictionnaire Kikongo-Français*. Bruxelas: Librairie Falk, 1936.
MARTÍ, José. *Versos Simples*. Nova Iorque, 1891.
PRADO JR., Caio. *Evolução política do Brasil*. 10ª edição. São Paulo: Brasiliense, 1977.
SIMAS, Luiz Antonio. *Umbandas: uma história do Brasil*. Rio de Janeiro: Civilização Brasileira, 2021.
UBIETA GÓMEZ, Enrique. "Cuba: Las Razones de Baraguá". *In: Trabajadores*. La Habana, 18/3/2004.
VIÑAS, David. *Literatura argentina y realidad política*. Buenos Aires: CEAL, 1989.

Três documentos essenciais

Nota do Tradutor

Traduzir os textos em prosa de José Martí para a subnorma brasileira da língua portuguesa contemporânea é tarefa árdua e intrincada. Afinal de contas, além de escrever a maioria de suas cartas e documentos sob o fragor das batalhas políticas e militares travadas pela emancipação de seu país, o *Apóstolo* da Independência de Cuba também possuía uma linguagem deveras peculiar, que dialoga com o estilo próprio dos intelectuais de sua época e incorpora ao léxico diversos ditos, metáforas e expressões *criollas* típicas de um pensador e combatente profundamente arraigado à cultura de sua terra e sua gente.

Por tais motivos, a fim de tornar a leitura mais fluente e acessível, sem nenhum prejuízo à redação original do autor, realizamos pequenos ajustes nos três documentos traduzidos,* sobretudo no que respeita aos dois aspectos linguísticos acima consignados. O primeiro deles ateve-se à construção dos parágrafos e períodos, em geral bastante extensos, o que por vezes confunde o(a) leitor(a), que

---

* Os textos em prosa foram traduzidos da obra *José Martí: Tres documentos*, publicada em Havana pela Editorial José Martí em 1984.

precisa reler as passagens mais longas para destrinchar os nexos sintáticos das frases. Em termos concretos, tal opção implicou de nossa parte algumas mudanças na pontuação do escritor, sempre em estrita consonância com o sentido da passagem alterada. Assim, desdobramos uma e outra vez um parágrafo em dois, realçando tópicos de maior relevância que perdiam sua força diluídos em um bloco de até 42 linhas (ou seja, ocupando toda uma página), algo bastante inusitado nos dias atuais. Em certos parágrafos, julgamos oportuno também dividir algumas frases "intermináveis" (compostas por várias orações separadas por sinais de ponto-e-vírgula) em períodos um pouco mais curtos, que nos permitem acompanhar em ritmo mais natural o discurso expressivo e eloquente do escritor. E dentro dos próprios períodos, quando necessário, recorremos ao emprego de parênteses, em lugar dos travessões (bem frequentes em Martí), para demarcar elementos intercalados na enunciação.

No campo lexical, deparamo-nos com um duplo desafio: de um lado, decodificar expressões de uso não apenas no espanhol *aplatanado* de Cuba, como também termos que se remetem à tradição linguística e cultural do "Velho Mundo", de uso mais recorrente entre os falantes letrados de Madri no século XIX. Como traduzir, ao pé da letra, por exemplo, uma imagem como "*lectura de tanteo y falansterio*", que conjuga uma expressão idiomática ("*de tanteo*") com uma alusão a um conceito ("*falansterio*") associado ao socialismo utópico de Fourier? Para orientar o público leitor, transcrevemos, então, em notas ao pé da página, a forma originalmente escrita por Martí, esclarecendo-lhe o sentido e o contexto, além de justificar nossa alternativa de livre tradução. Afora isso, há ainda referências a elementos extratextuais de natureza literária e, sobretudo, geográfica (nomes de cidades, logradouros e até restaurantes de Cuba, dos EUA e da Europa), cuja identificação precisa julgamos imprescindível para que se compreendesse o valor retórico e estilístico do trecho em que elas aparecem.

Por fim, cabe aqui acrescer que, para garantir a adequação e pertinência de cada uma dessas definições do tradutor, tratamos de cotejar o texto editado em espanhol com suas versões para o idioma inglês e o francês publicadas pela Editorial José Martí, buscando reduzir, com tal expediente, a margem de erro das nossas escolhas. Nesse sentido, a objetividade do inglês (traço inerente a uma língua anglo-saxã) e a afinidade do francês com o nosso idioma (ambos inscritos no ramo neolatino) contribuíram em muito para subsidiar a espinhosa tarefa de trazer para o século XXI, com toda a sua pujança e grandeza, o pensamento criativo e revolucionário do *Apóstolo*, preservando a profundidade de suas lições e reflexões, assim como a força impetuosa de seu estilo. Oxalá os brasileiros e brasileiras comprometidos com a causa da *Pátria Grande* neste novo milênio possam saborear e assimilar sem quaisquer ruídos linguísticos a prosa (e a práxis) de Martí, mais do que nunca essencial para a unidade dos povos de *Nossa América*, em nossa incansável luta por soberania e justiça social.

Vila Isabel, 16 de fevereiro de 2022.
Luiz Ricardo Leitão

Nossa América[*]

Crê o aldeão vaidoso que o mundo inteiro é a sua aldeia e, desde que ele seja o prefeito, ou que humilhem o rival que lhe roubou a namorada, ou lhe cresçam no cofre as economias, já considera bastante satisfatória a ordem universal. Ele não sabe dos gigantes com botas de sete léguas que podem esmagá-lo com seus pés, nem das pelejas dos cometas no céu, que vão pelo ar adormecidos engolindo mundos. O que restar de aldeia na América haverá de despertar. Os tempos que correm não são para dormir com o lenço atado à cabeça, mas sim com as armas no travesseiro, como os homens de Juan de Castelhanos: as armas do discernimento, que superam as demais. Trincheiras de ideias valem mais que trincheiras de pedra.

Não há proa que rompa uma nuvem de ideias. Uma ideia enérgica, desfraldada em tempo hábil perante o mundo, detém, como a bandeira mística do juízo final, uma esquadra de encouraçados. Os povos que não se conhecem hão de se apressar em fazê-lo, assim como aqueles que lutarão juntos. Os que se ameaçam com os punhos, à feição de ir-

---

[*] Publicado na *Revista Ilustrada de Nova York*, EUA, em 10 de janeiro de 1891, e em *El Partido Liberal*, México, 30 de janeiro de 1891.

mãos ciumentos que cobiçam a mesma terra, ou aquele da casinha pequena, que tem inveja do outro que possui uma residência melhor, hão de unir, de modo que sejam uma só, as duas mãos. Aqueles que, amparados por uma tradição criminosa, ocuparam com o sabre banhado no sangue de suas próprias veias a terra do irmão vencido, do irmão castigado muito além de seus erros, se não desejam que o povo lhes chame de ladrões, devolvam as terras ao irmão. As dívidas de honra não são cobradas pelo homem honrado em dinheiro, tampouco a tapas. Já não podemos ser o povo de folhas que vive no ar com a copa carregada de flores, rangendo ou zunindo conforme a acaricie a luz caprichosa ou a açoitem e dilacerem as tempestades. As árvores deverão posicionar-se em fila, para que o gigante de sete léguas não passe! É hora da contagem regressiva e da marcha unida – e havemos de andar em estreita conexão, como um só bloco, tal qual a prata nas raízes dos Andes.

Só aos *sietemesinos* lhes faltará a coragem. Os que não têm fé na sua terra são homens de sete meses. Porque lhes falta valor, negam-no aos demais. Não consegue alcançar a árvore mais inacessível o braço frágil, o braço de unhas pintadas e pulseira, o braço de Madrid e Paris – e dizem que não se pode alcançar a árvore. Há de se carregar os barcos com esses insetos daninhos, pois eles roem o osso da Pátria que os nutre. Se são parisienses ou madrilenhos, que vão para o Prado de lanterna, ou vão ao Tortoni* tomar sorvetes.

---

* O "Passeio do Prado" era uma das avenidas mais famosas de Madri já no século XIX, cercada de monumentos e museus de arte (entre eles, o próprio Museu do Prado). Já o Tortoni, localizado no *Boulevard des Italiens*, em Paris, era um dos locais onde se reunia a elite da cultura parisiense da época, sendo, inclusive, mencionado pelo escritor francês Stendhal em seu romance *O vermelho e o negro*, de 1830. (N. T.)

Ah, esses filhos de carpinteiro que se envergonham de que o pai seja carpinteiro! Ah, esses nascidos na América que se envergonham porque vestem o avental indígena da mãe que os criou e renegam – patifes! – a mãe doente, deixando-a sozinha no leito das enfermidades! Quem é, afinal, o homem? Aquele que fica com a mãe para ajudá-la a curar-se da doença, ou quem a põe para trabalhar onde ninguém a veja e vive do seu sustento nas terras podres, com o verme como gravata, a maldizer o colo que o carregou e exibindo o letreiro de traidor nas costas da casaca de papel? Esses filhos da Nossa América, que há de se salvar com seus indígenas e aos poucos crescerá; ou esses desertores pedindo fuzis nos exércitos da América do Norte, um país que sufoca em sangue seus nativos e se degrada dia após dia?! E essas criaturas delicadas, que são homens e não querem fazer o trabalho de homens?! E Washington, que lhes franqueou essas terras e foi embora viver com os ingleses (e viver com os britânicos nos anos em que estes atacaram a sua própria terra)?! E esses "notáveis" da honra, que a arrastam pelo solo estrangeiro, assim como os notáveis da Revolução Francesa, dançando e se lambendo, que arrastavam os "erres" com seu sotaque afetado?!

Em que pátria pode ter um homem mais orgulho a não ser em nossas repúblicas dolorosas da América, levantadas entre as massas mudas de indígenas, ao ruído da luta do livro com o castiçal, sobre os braços sangrentos de uma centena de apóstolos? Com fatores tão desordenados, jamais, em tão curto tempo histórico, se criaram nações tão adiantadas e compactas. Crê o soberbo que a terra foi feita para lhe servir de pedestal, porque dispõe facilmente da caneta ou da palavra pomposa, acusando de incapaz e irremediável a sua república nativa, porque não lhe dão suas novas selvas um modo contínuo de ir pelo mundo afora como um cacique famoso, montando pôneis da Pérsia e derramando champanha. A incapacidade não é inerente ao país jovem, que pede formas que a ele se acomodem e uma grandeza útil, mas sim nos que querem governar povos originais, de composição singular e violenta, com leis herdadas de quatro séculos de livre exercício nos Estados Unidos, ou de 19 séculos de monarquia na França. Com um decreto de Hamilton, não se detém o ímpeto do potro do peão da planície; com uma frase de Sieyés, não se reanima o sangue coagulado da raça indígena.

Para bem governar, deve-se ter em conta tudo o que existe na região que se administra. O bom dirigente na América não é aquele que sabe como se governam o alemão ou o francês, mas quem sabe de que elementos é formado o seu país e de que modo poderá agrupá-los e conduzi-los, para chegar, por métodos e instituições nascidas do próprio país, àquele estado ideal em que cada homem se conhece e exerce seu papel, desfrutando todos da abundância que a Natureza dispôs para todos na comunidade que fecundam com seu trabalho e defendem com suas vidas. O governo há de nascer do país. O espírito do governo há de ser o do país. A forma de governo há de se ajustar à constituição singular da nação. O governo nada mais é do que o equilíbrio dos elementos naturais do país.

Por isso o livro importado foi vencido na América pelo homem natural. Os homens naturais venceram os letrados artificiais. O mestiço autóctone venceu o *criollo* exótico.[*] Não há batalha entre a civilização e a barbárie, mas sim entre a

---

[*] O termo *"criollo"* é aqui empregado na acepção que assumiu na América Hispânica desde a era colonial, ou seja, designando os descendentes de espanhóis nascidos no continente americano, os quais, durante largo tempo, foram proibidos de participar da administração e da vida política dos países submetidos à Coroa espanhola. (N. T.)

falsa erudição e a natureza. O homem natural é bom e acata e premia a inteligência superior, enquanto esta não se vale de sua submissão para arruiná-lo, ou então o ofende, dele prescindindo; isso é algo que o homem natural não perdoa, disposto a recobrar pela força o respeito de quem lhe fere a sensibilidade ou lhe prejudica o interesse. Foi por essa conformidade com os elementos naturais desdenhados que os tiranos da América subiram ao poder; e também caíram, assim que vieram a traí-los. As repúblicas purgaram nas tiranias a sua incapacidade para conhecer os elementos verdadeiros do país, deles derivar a forma de governo e com eles governar. Governante, em um povo novo, quer dizer criador.

Em povos formados de elementos cultos e incultos, estes governarão, por seu hábito de agredir e resolver os impasses com as próprias mãos, ali onde os cultos não logrem aprender a arte do governo. A massa inculta é preguiçosa e tímida nas coisas da inteligência e deseja que a governem bem; contudo, se o governo a ofende, ela o derruba e passa a governar. Como hão de sair das universidades os governantes, se não existe universidade na América onde se ensine o bê-á-bá da arte de governar, que é a análise dos elementos peculiares dos povos da América? Para adivinhar, saem os jovens sem rumo definido, com óculos ianques ou franceses, e aspiram a dirigir um povo que não conhecem. Na carreira da política, haveria de se negar a entrada aos que desconhecem os rudimentos da política. O prêmio dos concursos não há de ser para a melhor ode, mas sim para o melhor estudo dos fatores do país em que se vive. No jornal, na cátedra, na Academia, deve levar-se adiante o estudo dos fatores reais do país. Conhecê-los é o bastante, sem vendas nem rodeios; porque aquele que deixa de lado por vontade própria ou esquecimento uma parte da verdade cairá mais cedo ou mais tarde pela verdade que lhe faltou, a qual cresce na negligência e derruba o que se ergue sem ela. Resolver o problema depois de conhecer os seus elementos é mais fácil que resolvê-lo sem conhecê-los. Vem o homem natural, indignado e forte, e derruba a justiça acumulada dos livros, porque não a administram de acordo com as necessidades patentes do país. Conhecer é resolver. Conhecer o país e governá-lo conforme o conhecimento é o único modo de livrá-lo da tirania. A universidade europeia há de ceder lugar à universidade americana. A história da América, dos incas até aqui, há de ser ensinada minuciosamente, ainda que não se ensine a dos arcontes da Grécia. Nossa Grécia é preferível à Grécia que não é nossa. Ela nos é mais necessária. Os políticos nacionais hão de substituir os políticos exóticos. Enxerte-se nas nossas repúblicas o mundo; porém o tronco há de ser o das nossas repúblicas. E cale para sempre o pedante vencido, pois não há pátria em que possa ter o homem mais orgulho do que em nossas dolorosas repúblicas americanas.

    Com os pés no rosário, a cabeça branca e o corpo mestiço de indígena e *criollo*, viemos, com denodo, ao mundo das nações. Com o estandarte da Virgem, saímos em conquista da liberdade. Um padre, alguns tenentes e uma mulher ergueram no México a república nos ombros dos indígenas. Um cônego espanhol, à sombra da sua capa, instrui, na liberdade francesa, uns bacharéis magníficos, que instituem como chefe da América Central, contra a Espanha, o general da Espanha. Com os hábitos monárquicos e o sol como peito, puseram-se a erguer povos – os venezuelanos pelo Norte e os argentinos pelo Sul. Quando os dois heróis se chocaram – e o continente estava a ponto de tremer –, um, que não foi o de menor grandeza, voltou atrás.

    E, como o heroísmo na paz é mais escasso, visto ser menos glorioso que o da guerra; como para o homem é mais fácil morrer com honra do que pensar com ordem; como governar com os sentimentos exaltados e unânimes é mais factível do que guiar, após a batalha, os pensamentos diversos, arrogantes, exóticos ou ambiciosos; como os poderes envolvidos na arremetida épica minavam, com a cautela felina da espécie e o peso da realidade, o edifício que havia içado – nas comarcas toscas e singulares da Nossa América mestiça, dos povos de pernas nuas e casaca de Paris – a bandeira dos povos nutridos de seiva governante no exercício contínuo da razão e da liberdade; como a constituição hierárquica das colônias resistia à organização democrática da República, ou as capitais de gravatinha deixavam no saguão o campo da bota de potro, ou os redentores ilustrados não entenderam que a revolução que triunfou com a alma da terra, ao se desatar a voz do salvador, haveria de governar com a alma da terra, e não contra ela, tampouco sem ela – começou então a padecer a América, e continua a padecer da fadiga da acomodação entre os elementos discordantes e hostis, herdada de um colonizador despótico e caprichoso, e as ideias e formas importadas que vieram retardando, pela falta de realidade local, o governo lógico. O continente desmantelado durante três séculos por um comando que negava o direito do homem ao exercício da sua razão veio a conhecer, desconsiderando ou sem ouvir os ignorantes que o haviam ajudado a se redimir, um governo que tinha por base a razão de todos nos assuntos de todos – e não a razão universitária de uns sobre a razão campestre de outros. O problema da independência não era a mudança de formas, mas sim a mudança de espírito.

    Com os oprimidos, devia fazer-se causa comum, a fim de legitimar o sistema oposto aos interesses e hábitos de comando dos opressores. O tigre espantado pelo clarão do fogo volta de noite ao sítio da presa. Morre lançando chamas pelos olhos e com as garras no ar. Não o ouvem chegar, mas ele vem com garras de veludo. Quando a presa desperta, tem o tigre em cima de si. A colônia continuou vivendo na república; e Nossa América está a salvar-se de seus grandes erros – a soberba das grandes cidades, o triunfo cego dos camponeses desprezados, a importação excessiva de ideias e fórmulas alheias, o desdém iníquo e despolitizado da raça aborígine – pela virtude superior, regada forçosamente com sangue, da república que luta contra a colônia. O tigre espera detrás de cada árvore, encolhido em cada recanto. Morrerá com as garras para o ar, lançando chamas pelos olhos.

Mas "estes países se salvarão", conforme anunciou Rivadávia, o argentino, aquele que pecou por finura em tempos rudes. Ao facão não serve a bainha de seda; tampouco no país que se conquistou com a lança se pode pôr a arma para trás, pois logo se aborrecem e se postam na porta do congresso de Iturbide "para que façam imperador ao louro". Estes países se salvarão porque, com o gênio da moderação que parece se impor, pela harmonia serena da natureza no continente da luz e pela leitura crítica que sucedeu na Europa a leitura vaga e idealista* em que se encharcou a geração anterior, está nascendo para a América, nestes tempos reais, o homem real.

Éramos uma visão – com peito de atleta, mãos de almofadinha e testa de criança. Éramos uma máscara, com calções da Inglaterra, jaqueta parisiense, capote dos Estados Unidos e gorro de toureiro espanhol.** O indígena, mudo, dava

---

* No texto original em espanhol, lê-se "[la] *lectura de tanteo y falansterio*", que sugere uma leitura feita "às cegas" ("tateando") e inspirada na visão das comunidades autossuficientes do socialismo utópico idealizadas pelo francês François Fourier no início do século XIX. Nesta tradução, optamos pela expressão "vaga e idealizada". (N. T.)
** No original, lê-se "*montera*", que, na língua espanhola, designa o elegante gorro de veludo usado pelos toureiros em traje de gala. (N. T.)

voltas ao nosso redor e ia até a montanha, bem lá no topo, para batizar seus filhos. O negro, vigiado, cantava durante a noite a música do seu coração, sozinho e ignorado, entre as ondas e as feras. O camponês, o criador, remexia-se cego de indignação contra a cidade desdenhosa, contra a sua criatura. Éramos dragonas e togas em países que vinham ao mundo com a alpargata no pé e uma faixa prendendo o cabelo. O genial teria sido irmanar, com a caridade do coração e o atrevimento dos fundadores, a faixa e a toga; fazer prosperar o indígena; abrir espaço suficiente para o negro, ajustando a liberdade ao corpo dos que se rebelaram e venceram por essa bandeira. Prevaleceu o ouvidor, o general e o letrado, além daqueles que gozavam das prebendas eclesiásticas. A juventude angelical, como dos braços de um polvo, lançava ao Céu, para cair com a glória estéril, a cabeça coroada de nuvens. O povo natural, com o ímpeto do instinto, esmagava, cego de triunfo, os bastões de ouro. Nem o livro europeu, nem o livro ianque davam resposta ao enigma hispano-americano. Provou-se o ódio, e os países decaíam a cada ano. Cansados do ódio infrutífero, da resistência do livro à lança, da razão ao castiçal, da cidade ao campo, do império impossível das castas urbanas divididas sobre a nação natural, tempestuosa ou inerte, principia-se, quase sem o saber, a provar o amor. Põem-se de pé os povos e saúdam-se. – *Como somos?* –, perguntam; e uns aos outros vão dizendo a si próprios como são. Quando aparece em Cojímar um problema, não se vai buscar a solução em Dantzig.* As sobrecasacas ainda são da França, mas o pensamento começa a ser da América.

---

* Cojímar é uma vila de pescadores a leste de Havana, a capital cubana. Dantzig é o nome em alemão de Gdansk, importante cidade portuária da Polônia. (N. T.)

Os jovens da América arregaçam as mangas, metem as mãos na massa e a levantam com a levedura do seu suor. Entendem que se imita em excesso e que a salvação está em criar. Criar é a palavra-chave desta geração. O vinho é de banana; e, mesmo se sair azedo, é o nosso vinho! Deve-se entender que as formas de governo de um país hão de ajustar-se aos seus elementos naturais; que as ideias absolutas, para que não caiam por um erro formal, hão de ser aplicadas em formas relativas; que a liberdade, para ser viável, tem de ser sincera e plena; que, se a república não abre os braços a todos e não favorece a todos, termina por morrer. Pela fresta se esgueiram o tigre de dentro e o tigre de fora. O general submete a marcha da cavalaria ao passo dos infantes. Ou, se os deixa para trás, o inimigo lhe cerca a cavalaria. Estratégia é política. Os povos hão de viver criticando-se, porque a crítica é a saúde; porém, com um só peito e uma só mente. Descer até os infelizes e erguê-los nos braços! Com o fogo do coração, degelar a América coagulada! Que venha a borbulhar, enfim, nas veias, o sangue natural do país! De pé, com os olhos alegres dos trabalhadores, saúdam-se, de um povo a outro, os novos homens americanos. Surgem os estadistas naturais do estudo direto da Natureza. Eles não leem para copiar, mas sim para aplicar. Os economistas estudam as dificuldades em suas origens. Os oradores começam a ser sóbrios. Os dramaturgos trazem as características nativas à cena. As academias discutem temas viáveis. A poesia corta a cabeleira de gambá e pendura na árvore gloriosa a jaqueta vermelha. A prosa, cintilante e depurada, surge repleta de ideias. Os governadores, nas repúblicas de indígenas, aprendem o que é ser indígena.

De todos os seus perigos vai se salvando a América. Sobre algumas repúblicas dorme o polvo. Outras, pela lei do equilíbrio, entram a pé mar adentro, para recuperar, com pressa alucinada e sublime, os séculos perdidos. Outras, esquecendo que Juárez passeava em coche de mulas, andam em coche de vento e põem de cocheiro uma bolha de sabão; o luxo venenoso, inimigo da liberdade, apodrece o homem leviano e abre a porta ao estrangeiro. Outros exacerbam, com o espírito épico da independência ameaçada, o seu caráter viril. Outros criam, na guerra voraz contra o vizinho, a soldadesca que pode devorá-los. Mas corre outro perigo, talvez, a Nossa América, que não provém de si mesma, e sim da diferença de origens, métodos e interesses entre os dois fatores continentais – e se aproxima a hora em que dela se acerque, exigindo íntimas relações, um povo empreendedor e pujante que a desconhece e despreza.

E como os povos viris, que se forjaram por si próprios com a escopeta e a lei, amam – e tão somente amam – os povos viris; como a hora da exaltação e a ambição – de que talvez se livre, pelo predomínio de seu sangue mais puro, a América do Norte, ou a aventura em que a lançaram as suas massas vingativas e sórdidas, a tradição da conquista e o interesse de um caudilho hábil – não esteja ainda tão próxima aos olhos do mais arisco, que não dê tempo à prova de altivez, contínua e discreta, com que se poderia encará-la e desviá-la. Enfim, como seu decoro de república impõe aos Estados Unidos, perante os povos atentos do universo, um freio que não haverá de privá-los da provocação pueril, ou da arrogância acintosa, ou da discórdia parricida da nossa América, o dever urgente da nossa América é mostrar-se como ela é, unida em alma e vontade, vencedora veloz de um passado sufocante, manchada apenas com o sangue de adubo que lhe arranca das mãos a luta contra as ruínas e a fissura das veias que nos deixaram abertas os nossos donos.

O desdém do vizinho formidável que não a conhece é o maior perigo da nossa América; e urge, porque o dia da visita está próximo, que o vizinho a conheça – e a conheça prontamente – para que não a desdenhe. Por ignorância, ele chegaria, talvez, a cobiçá-la. Em face do respeito, logo que a conhecesse, dela tiraria suas mãos. Há de se ter fé no melhor do homem e desconfiar do que ele tem de pior. Deve-se dar chance para que o melhor se revele e prevaleça sobre o pior. Do contrário, o pior prevalece. Os povos hão de ter um pelourinho para quem os incita a ódios inúteis e outro para quem não lhes diz, em tempo hábil, a verdade.

Não há ódio de raças, porque não há raças. Os pensadores frágeis e os teóricos livrescos ficam arrumando e requentando raças nas estantes, que o viajante justo e o observador cordial buscam em vão na justiça da Natureza, onde avulta, no amor vitorioso e no apetite turbulento, a identidade universal do homem. A alma emana, igual e eterna, dos corpos diversos por sua forma e sua cor. Peca contra a humanidade aquele que fomenta e propaga a oposição e o ódio das raças. Todavia, na amálgama dos povos se condensam, pela proximidade com outros povos diversos, caracteres peculiares e ativos de ideias e hábitos, de expansão e conquista, de vaidade e avareza, os quais, do estado latente de preocupações nacionais, poderiam, em um período de desordem, ou de precipitação do caráter acumulado do país, tornar-se uma ameaça grave para as terras vizinhas, isoladas e vulneráveis, que o país forte declara perecíveis e inferiores.

Pensar é servir. Nem se há de supor, por antipatia de aldeia, uma maldade intrínseca e fatal do povo louro do continente, porque não fala a nossa língua, nem vê a casa como nós a vemos, nem conosco se assemelha em suas mazelas políticas, que são distintas das nossas; nem dá importância aos homens biliosos e morenos; nem olha com caridade, do alto de sua eminência ainda insegura, aqueles que, com menos favor da História, galgam em lances heroicos a via das repúblicas. Tampouco hão de se esconder os dados patentes do problema que se pode resolver, para a paz dos séculos, com o estudo oportuno e a união tácita e urgente da alma continental. Porque ecoa já o hino uníssono; a atual geração leva nos ombros através do caminho fecundado por nossos sublimes pais a América trabalhadora; do Rio Bravo ao Estreito de Magalhães, sentado no lombo do condor, semeou o Grande *Semi*[*] pelas nações românticas do continente e pelas ilhas dolorosas do mar a semente da América nova!

---

[*] "*El Gran Semi*" é um personagem mitológico dos índios tamanacos (que, oriundos do Caribe, se instalaram na Venezuela), que rega com suas sementes o território de sua tribo para gerar uma nova geração de homens e mulheres. (N. T.)

A verdade sobre
os Estados Unidos[*]

É preciso que se saiba em Nossa América a verdade sobre os Estados Unidos. Não se devem exagerar deliberadamente os seus defeitos, no intuito de lhes negar qualquer mérito, nem esconder as suas falhas ou apregoá-las como virtudes. Não existem raças. O que há são modificações diversas do homem, no que diz respeito a aspectos de costumes e de forma que não lhes alteram o idêntico e o essencial, conforme as condições de clima e história em que ele viva. É próprio de pessoas preconceituosas e superficiais – que não tenham mergulhado os braços nas entranhas humanas, que não vejam da altura imparcial as nações fervilharem no mesmo caldeirão, que não encontrem no embrião e no tecido de todas elas a idêntica e permanente luta entre o desinteresse construtivo e o ódio iníquo – o gosto de procurar diversidade substancial entre o egoísta saxão e o egoísta latino, o saxão generoso e o latino generoso, o latino burocrata e o burocrata saxão.

Contudo, latinos e saxões são igualmente dotados de virtudes e de defeitos. O que varia é o resultado peculiar de distintos conjuntos históricos. Em uma comunidade de

---

[*] Publicado em *Patria*. Nova York, 23 de março de 1894.

ingleses, holandeses e alemães, com claras afinidades entre si, quaisquer que sejam os problemas – talvez mortais – que possa lhes acarretar o divórcio original entre a nobreza e o homem comum que juntos o fundaram (além da inevitável hostilidade, inata na espécie humana, da cobiça e da vaidade criadas pelas aristocracias contra o direito e a abnegação que a elas se opõem), não há lugar para a confusão de hábitos políticos e o caldeirão fervente dos povoados em que a necessidade do conquistador deixou que vivesse, amedrontada e heterogênea, a população nativa, cujo caminho ainda é bloqueado com cegueira parricida pela casta privilegiada que o europeu ali engendrou.

Uma nação de homens jovens do Norte, há séculos afeitos ao mar, à neve e ao espírito viril forjado na defesa permanente das liberdades locais, não pode ser comparada a uma ilha dos trópicos, sorridente e amável, onde se empenham em conviver, sob um governo fruto da pirataria política, a escória faminta de um povo europeu, militarista e atrasado, os descendentes desta tribo, rude e inculta, divididos pelo ódio que a docilidade acolhedora dedica à virtude rebelde, e os africanos – vigorosos e simples, ou humilhados e rancorosos –, que, após uma espantosa escravidão e uma guerra sublime, compartilham a cidadania com aqueles que os compraram e venderam – e que hoje, graças aos mortos dessa guerra sublime, tratam como iguais os que ontem eles faziam dançar a chicotadas.

A única forma de se ver em que aspecto saxões e latinos são distintos (e o único terreno no qual podem ser comparados) é aquela em que eles tenham enfrentado condições similares. Com efeito, nos estados do Sul da União Americana, onde houve escravos negros, o caráter dominante é tão soberbo, preguiçoso, cruel e desvalido quanto poderia ser, em consequência da escravidão, o dos filhos de Cuba. Constitui uma enorme ignorância e uma leviandade infantil e reprovável falar dos Estados Unidos e das conquistas reais ou aparentes de alguma região sua (ou de algum de seus grupos federativos) como se fora uma nação inteira e homogênea, igualmente livre e de idênticos triunfos alcançados. Tal imagem dos Estados Unidos é uma ilusão ou uma fraude. Há mundos à parte nas cavernas de Dakota (e na nação que por lá se vai erguendo, bárbara e viril) e nas cidades do Leste, confortáveis, privilegiadas, refinadas, sensuais, injustas. Há mundos diversos entre as casas de alvenaria e liberdade senhorial do norte de Schenectady[*] e a estação comprida, estreita e sombria do sul de Petersburg. Ou entre o povo limpo e industrioso do Norte e a tenda de fanfarrões, sentados ao redor dos barris, dos povoados coléricos, paupérrimos, espoliados, amargos e cinzentos do Sul.

O que há de observar o homem honrado é precisamente que, em três séculos de vida coletiva ou um de ocupação política, não só foi impossível fundir os elementos de origem e tendência diversas com que se criaram os Estados Unidos, como também a convivência forçada acentuou e exacerbou suas diferenças básicas, convertendo a federação artificial em um estado hostil de violenta conquista. Só o espírito inferior e a inveja incapaz e corrosiva são capazes de depreciar a grandeza mais que evidente e negá-la redondamente, por causa de uma ou outra nódoa, ou vangloriar-se de profeta, como quem tira uma mancha do sol. Em compensação, não o vaticina, mas sim o comprova, aquele que observa como

---

[*] Schenectady é uma cidade localizada no condado homônimo, no estado de Nova Iorque, na região nordeste dos EUA, já próximo à fronteira com o Canadá. Por sua vez, Petersburg é uma cidade do estado da Virgínia, no sudeste do país, que é banhado pelo Oceano Atlântico. (N. T.)

nos Estados Unidos, em vez de se estreitarem os motivos da união, estes se afrouxam; em vez de se resolverem os problemas da humanidade, estes se reproduzem; em vez de todos os lugares se fundirem na política nacional, eles a dividem e a laceram; em vez de a democracia se robustecer e se libertar do ódio e da miséria das monarquias, ela se corrompe e definha, fazendo renascer, ameaçadores, o ódio e a miséria.

E não cumpre com seu dever quem cala sobre isso, mas sim aquele que denuncia tal fato. Nem estará ele cumprindo com o seu dever de homem, que é conhecer a verdade e divulgá-la; tampouco com o dever de bom americano, que só vê garantidas a glória e a paz do continente no desenvolvimento franco e livre de suas diversas instituições naturais. Muito menos com o dever de um filho da Nossa América, a fim de evitar que, por ignorância, deslumbramento ou impaciência, um dia caiam os povos de linhagem espanhola, mediante o conselho da toga afetada e do interesse covarde, na servidão imoral e enervante de uma civilização anacrônica e estranha. É preciso que se saiba em nossa América a verdade sobre os Estados Unidos.

Há de se ter aversão ao mal, mesmo que seja nosso – e até quando não seja. Não se há de desprezar o que é bom só porque não é nosso. Mas é aspiração irracional e vazia, aspiração covarde de pessoas vulgares e impotentes, pretender atingir a solidez de um povo estrangeiro por vias diferentes daquelas que levaram o povo invejado à segurança e à ordem – vale dizer, pelo esforço próprio e pela adaptação da liberdade humana aos moldes exigidos pela constituição singular do país. Em algumas pessoas, o excessivo amor ao Norte é a expressão, compreensível e imprudente, de um desejo de progresso tão vivo e ardente, que não veem que as ideias, assim como as árvores, hão de germinar de uma raiz profunda e de um terreno fértil, para que se fixem e se desenvolvam, da mesma forma que não se dá ao recém-nascido o estatuto da maturidade apenas porque lhe penduram no rosto formoso os bigodes e as costeletas da idade adulta. Desse modo, criam-se monstros – e não povos; é preciso viver por si próprio e suar as febres que nos castigam.

Em outros, a paixão pelo ianque é fruto inocente de uma ou outra sensação de prazer, tal qual o faz aquele que avalia o interior de uma casa – e as criaturas que nela vivem ou morrem – pelo sorriso e o luxo da sala de estar, ou pelo champanhe e os cravos da mesa do banquete. É preciso sofrer, ter necessidades, trabalhar, amar – até mesmo em vão; e estudar, com mérito e liberdade próprios. Há de se velar com os pobres; chorar com os miseráveis; odiar a brutalidade da riqueza. E viver no palácio e na fortaleza; no salão da escola e em seus corredores; no palco do teatro, de jaspe e ouro, e em seus bastidores, frios e vazios. Só assim se poderá emitir uma opinião, provida de algum fundamento, sobre a República autoritária e ambiciosa – e a sensualidade crescente – dos Estados Unidos.

Para alguns outros ainda, epígonos doentios do dandismo literário do Segundo Império, ou céticos dissimulados sob cuja máscara de indiferença costuma pulsar um coração de ouro, a moda é o desdém – de preferência, de tudo que seja nativo. E não lhes parece que exista maior elegância do que copiar as calças e as ideias do estrangeiro – e seguir pelo mundo altivo, tal qual um cachorrinho mimado de laçarote no rabo. Há também quem a acolha como sutil aristocracia, com a qual, amando em público o louro como próprio e natural, procure encobrir, por ser mestiça e humilde, sua própria origem, sem perceber que, entre os homens, foi sempre sinal de bastardia atribuí-la aos outros, não havendo indício mais seguro do pecado de uma pessoa do que alardear seu desprezo pelos pecadores. Qualquer que seja a razão – impaciência pela liberdade ou temor dela, preguiça moral ou fumos risíveis de aristocracia, idealismo político ou ingenuidade provinciana –, é certo que convém – e torna-se até imperioso – pôr diante de Nossa América toda a verdade americana, tanto da parte saxônica quanto da latina, a fim de que a fé excessiva na virtude alheia não nos debilite, em nossa época de fundação, com a desconfiança infundada e nociva sobre o que nos é próprio.

Somente numa guerra (a de Secessão), travada entre o Norte e o Sul muito mais para disputar a hegemonia da república do que para abolir a escravatura, perderam os Estados Unidos – filhos de uma experiência republicana de três séculos dentro de um país de elementos menos hostis do que em qualquer outro – mais homens do que perderam, em conjunto, em igual tempo e com igual número de habitantes, todas as repúblicas espanholas da América, durante a missão naturalmente lenta – e vitoriosa do México até o Chile – de fazer desabrochar a flor do novo mundo, sem nenhum outro estímulo além do apostolado retórico de uma gloriosa minoria e o instinto popular, os povos remotos de núcleos distantes e de raças distintas, ali onde as autoridades da Espanha infundiram toda a raiva e hipocrisia da teocracia, além da inércia e da angústia de uma prolongada escravidão. E deve-se reconhecer, como é justo e de legítima ciência social, que, em relação às facilidades de um e aos obstáculos de outro, o caráter norte-americano se degradou desde a Independência, sendo agora menos humano e viril, ao passo que o hispano-americano, sob todos os pontos de vista, é hoje superior, a despeito de seus equívocos e seu cansaço, do que o era quando começou a surgir da massa heterogênea de clérigos usurários, ideólogos ineptos e indígenas ignorantes ou selvagens.

Por fim, para ajudar o conhecimento da realidade política da América e colaborar para corrigir, com a força serena do fato, o louvor precipitado – e, caso excessivo, igualmente pernicioso – da vida política e do caráter estadunidense, *Patria* começa a publicar, a partir do número de hoje, uma seção permanente de *Apontamentos sobre os Estados Unidos*. Nela, traduzidos rigorosamente dos primeiros jornais do país e sem comentários nem alterações do texto, se divulgarão os eventos pelos quais se revelam não o crime ou o erro acidental – factíveis em todos os povos –, pelo qual só o espírito mesquinho é atraído ou se satisfaz, mas aquelas qualidades de formação que, por sua constância e autoridade, comprovam as duas verdades úteis à nossa América: o caráter cruel, desigual e decadente dos Estados Unidos; e a existência, neles permanente, de todas as violências, discórdias, imoralidades e desordens que se imputam aos povos hispano-americanos.

Carta a Manuel Mercado

Acampamento de Dois Rios, 18 de maio de 1895

Sr. Manuel Mercado,

Meu irmão queridíssimo, já posso escrever; já lhe posso dizer com que ternura e gratidão e respeito lhe quero, e a essa casa que é minha, meu orgulho e obrigação. Já estou todos os dias em perigo de dar minha vida pelo meu país e pelo meu dever – já que assim o entendo e tenho ânimo para realizá-lo – de impedir a tempo, com a independência de Cuba, que se estendam pelas Antilhas os Estados Unidos e caiam, com essa força adicional, sobre nossas terras da América. Tudo quanto fiz – e farei – até hoje é para isso. Tive de fazê-lo em silêncio e de forma quase indireta, porque há coisas que, para se obter, devem andar ocultas – e, se revelássemos o que são, criariam obstáculos deveras penosos para que seja possível alcançar nosso objetivo.

As próprias obrigações menores e públicas dos povos – como esse que é seu e meu – mais resolutamente interessados em impedir que em Cuba se abra, pela anexação dos imperialistas de lá e os espanhóis, o caminho que se há de cerrar – e que estamos cerrando com nosso sangue – da incorporação dos povos de nossa América pelo Norte revoltoso e brutal que os despreza eram um óbice. Elas tinham impedido sua franca adesão e ajuda concreta a este sacrifício que se faz para benefício imediato de nossa gente.

Vivi no monstro e conheço as suas entranhas – e minha funda é a de David. Agora mesmo, já que foi há poucos dias, ainda ecoando a vitória com que os cubanos saudaram nossa saída ilesa das serras em que andamos por 14 dias os seis homens de nossa expedição, o correspondente do *Herald*, que me arrancou da rede em meu rancho, me fala da atividade anexionista de outro segmento social. Ela é menos temível pelo pouco sentido de realidade dos pretendentes, membros da espécie eclesiástica, sem cintura nem formação, que, para cômodo disfarce de sua complacência ou submissão perante a Espanha, lhe pede sem fé a autonomia de Cuba, contentando-se apenas em que haja um senhor, ianque ou espanhol, que os mantenha, ou neles creia, como prêmio pelo ofício de casamenteiros,* o posto de homens ilustres, desdenhosos da massa pujante – a massa mestiça, hábil e comovedora do país –, essa massa inteligente e criativa de brancos e negros.

E o correspondente do *Herald*, Eugenio Bryson, contou-me outras coisas: falou de um sindicato ianque (existiria de fato?) avalizado pelas autoridades alfandegárias, as quais estão tão profundamente associadas com os insaciáveis bancos espanhóis, que não têm como se envolver com os do Norte – um sindicato felizmente incapaz, por sua atravancada e complexa estrutura política, de empreender ou apoiar a ideia

---

* No texto em espanhol, Martí empregou o termo *"celestinos"*, cuja associação com *"celestina"* (nome de uma personagem da obra *La Celestina*, de Fernando de Rojas) possui claro valor pejorativo, designando a mulher que encobre ou facilita uma relação amorosa e/ou sexual entre duas pessoas. (N. T.)

como um projeto de governo. Bryson falou também (embora a verdade de tal relato só possa ser avaliada por quem tenha conhecimento pleno da determinação com que construímos a revolução) da desordem, do desânimo e dos baixos soldos do inexperiente exército espanhol, além da incapacidade da Espanha de conseguir, dentro ou fora de Cuba, os recursos contra a guerra, os quais, na ocasião anterior, ela obteve apenas de Cuba. Bryson me contou, além disso, sua conversação com Martínez Campos, ao final da qual este lhe deu a entender que, sem dúvida, chegada a hora, a Espanha preferiria acertar-se com os Estados Unidos a entregar a ilha aos cubanos. E Bryson contou ainda sobre um conhecido nosso que, sob os cuidados do Norte, deverá ser lançado como candidato dos Estados Unidos à presidência do México, quando expirar o mandato do atual governante.

Por aqui, cumpro o meu dever. A guerra de Cuba, realidade superior aos vagos e dispersos desejos dos cubanos e espanhóis anexionistas, para os quais sua aliança com o governo da Espanha só iria dar um poder relativo, surgiu na América no momento certo, para evitar, mesmo contra o emprego de todas essas forças, a anexação de Cuba aos Estados Unidos. Estes jamais poderão aceitá-la de um país em guerra, nem poderão assumir, visto que a guerra não aceitará a anexação, o compromisso odioso e absurdo de suspender, por conta própria e com suas armas, uma guerra de independência americana.

E o México? Não encontrará uma maneira sagaz, efetiva e imediata de auxiliar, em tempo hábil, a quem o defende? Sim, encontrará, ou então eu o acharei. Isto é uma questão de vida ou morte – e não se pode errar. O modo discreto é o único que se deve admitir. Eu já o teria achado e proposto. Mas eu devo ter mais autoridade a respeito, ou saber quem a possui, antes de agir e aconselhar. Acabo de chegar. Pode demorar ainda dois meses, se for real e estável, a constituição do nosso governo, útil e simplesmente. A nossa alma é uma só, e eu a conheço, assim como a vontade do país; mas estas coisas são sempre obra de comunicação, momento e acomodação. Com a representação que tenho, não quero fazer nada que pareça uma extensão caprichosa de tal condição. Cheguei com o general Máximo Gómez e outros quatro companheiros em um bote, no qual levei o remo de proa debaixo de um temporal até um rochedo desconhecido de nossas praias; carreguei durante 14 dias, a pé, por entre espinhos e altas montanhas, minha moral e meu rifle. Várias pessoas se somaram à nossa causa ao longo de nossa marcha – eu sinto na benevolência das almas a raiz do meu carinho pelo sofrimento dos homens e o justo anseio de remediá-lo. Os campos são nossos, sem disputa, a tal ponto que, em apenas um mês, só pude ouvir um tiro; e às portas das cidades, ou conquistávamos uma vitória, ou passávamos em revista, diante de um entusiasmo parecido com o fervor religioso, cerca de três mil armas. Seguimos caminho, rumo ao centro da ilha, para que eu depositasse, aos pés da revolução que fiz deflagrar, a autoridade que a emigração me conferiu – e que aqui se acatou e que deverá ser renovada de acordo com suas novas condições por uma assembleia de delegados do povo cubano visível, dos revolucionários em armas.

    A revolução deseja plena liberdade no Exército, sem os entraves que antes lhe impôs uma Câmara sem autoridade real, ou a desconfiança de uma juventude ciosa de seu republicanismo, ou os ciúmes – e temores de excessiva proeminência futura – de um caudilho exigente e perspicaz. Mas a revolução deseja, ao mesmo tempo, uma singela e respeitável representação republicana – a mesma alma de humanidade e decoro, plena de anseio pela dignidade individual, na representação da República, como aquela que impulsiona e mantém na guerra os revolucionários. De minha parte, compreendo que não se pode conduzir um povo contra a alma que o move, ou sem ela, e sei como os corações se inflamam e como se aproveita para novas investidas e ataques inesperados esse estado ardoroso e exultante dos corações. Contudo, em relação às formas, cabem aqui muitas ideias – e as coisas dos homens, são os homens que as fazem. Você me conhece. Em se tratando da minha pessoa, só defenderei o que tenho como uma garantia ou um serviço para a revolução. Sei desaparecer. Mas não desapareceria meu pensamento, nem me afligiria minha obscuridade. E quando dispusermos de meios, trataremos de agir, seja eu convocado para esta tarefa ou então outras pessoas.

E agora, depois de priorizar o que é de interesse público, eu lhe falarei de mim, já que só a emoção que inspirava este dever pôde arrancar de uma morte tão desejada o homem que, agora que Nájera não pode ser contemplada por nossos olhos, tão bem conhece e aprecia em seu coração, tal qual um tesouro, a amizade com que você o enche de orgulho.

Eu sei de suas queixas, veladas e silenciosas, depois da minha viagem. Nós lhe demos tanto, com toda a nossa alma – e ele calado! Que engano é este e que alma tão calejada é a sua, para a qual o tributo e a honra de nosso afeto não conseguiram fazê-lo escrever nem mais uma carta, em meio a tanto papel de carta e de jornal que ele rabisca o dia inteiro?

Há afeições de uma honestidade tão delicada...*

---

* A chegada ao acampamento do general Bartolomé Masó, com suas forças, fez Martí interromper a redação desta carta para continuá-la mais tarde. Contudo, o *Apóstolo* não pôde concluir a tarefa: no dia seguinte, ele morreu no campo de batalha.

Poemas escolhidos
de José Martí

Nota do tradutor

Conforme já se advertiu na primeira parte deste volume, composta por três textos essenciais de José Martí, traduzir para o português brasileiro contemporâneo a prosa original e vigorosa do revolucionário pensador e escritor cubano não constituiu, sob nenhum aspecto, uma tarefa simples. Imagine-se, então, quão árdua e intrincada veio a ser a missão de verter para a "última flor do Lácio" os versos[*] do *Apóstolo* da independência de Cuba, mantendo imaculados o ardor e a musicalidade do poeta que viveu na segunda metade do século XIX, em meio à singular fase de transição do Romantismo para o Modernismo nas letras hispano-americanas. Afinal, como todos os artistas de enorme versatilidade e talento, Martí sabia muito bem que cada conteúdo vazado em sua lírica requeria formas poéticas próprias, capazes de arrebatar os leitores e leitoras da pátria sublevada – tanto aqueles mais jovens, cuja rebeldia despertara após o inflamado apelo do general Antonio Maceo à desobediência civil contra o pacto de Zanjón (o histórico "Protesto de Baraguá", em 1878), como

---

[*] Os poemas foram traduzidos de Martí, José. *Obras escogidas*. Tomos I e II. La Habana: Editorial de Ciencias Sociales, 2002.

também os fiéis companheiros das exaustivas guerras de libertação que, desde 1868, sacudiam o arquipélago caribenho ainda atrelado ao jugo colonial espanhol.

Por isso, ora nos deparamos com melodiosas estrofes de ritmo cadenciado e sedutor, ora nos defrontamos com versos mais longos e solenes, de cadência quase marcial, que, de certa forma, tratam de nos comunicar a grandeza dos temas – e causas – que o poeta abraça. No primeiro caso, por exemplo, estão os cantos dos *Versos Sencillos* ("Versos simples"), que buscamos verter para a subnorma brasileira do idioma com a métrica correspondente na tradição literária nacional, ou seja, com versos de sete sílabas, ditos *heptassílabos* – ou, como alguns estudiosos preferem designar, a popular *redondilha maior* (forma de largo uso desde a primeira geração do nosso Romantismo, em meados do século XIX). No segundo, incluem-se certos poemas dos seus *Versos Libres* ("Versos livres") cuja tradução se fez com *decassílabos heroicos*, isto é, versos de dez sílabas com acentuação expressiva na 6ª e na 10ª sílaba (forma consagrada em português por Camões, na obra épica *Os Lusíadas*).

Para tanto, valemo-nos de alguns singelos artifícios, como o acréscimo de termos de pequeno corpo ao verso espanhol, a fim de manter a sua medida canônica. Somente à guisa de ilustração do recurso, veja-se a tradução da 4ª estrofe do canto I dos *Versos simples*, que Martí assim plasmou: "*Yo he visto en la noche oscura / Llover sobre mi cabeza / Los rayos de lumbre pura / De la divina beleza*". Para não quebrar a *redondilha* com versos de seis sílabas, acrescemos dois intensificadores dos adjetivos presentes no dístico final, sem qualquer prejuízo estilístico (a não ser a maior ênfase expressiva), mas com plena eficiência rítmica: "*Eu vi na noite escura / Chover na minha cabeça / Os raios de luz tão pura / Da mais divina beleza*".

Eventualmente, o expediente foi o inverso: retiramos do texto original algum item pleonástico, preservando o *heptassílabo* sem causar nenhum dano sintático à tradução. Isso aconteceu, por exemplo, no verso "*Dos veces vi el alma, dos:*", cuja enunciação em português veio a ser "*Vi a alma duas vezes*", em que o numeral *duas* não aparece repetido.

Observe-se, ainda, no exemplo acima, outro procedimento utilizado pelo tradutor, que consistiu na inversão dos termos que compõem o verso, a fim de ensejar a rima final das vogais tônicas. Trocando em miúdos: em lugar da ordenação original "*Dos veces vi el alma*", em que o adjunto adverbial "*Dos veces*" aparece antecipado, a estruturação em português opta por sua colocação após o objeto ("*Vi a alma duas v<u>e</u>zes*"), de sorte que o /ê/ tônico, de timbre fechado, soe mais afim à última vogal tônica do quarto verso ("*Quando ela me disse ad<u>e</u>us*"). São, por certo, sutilezas fonéticas e estilísticas de mínima relevância, mas que, segundo nossa modesta apreciação, concorrem para uma leitura mais fluente e solta do emotivo canto de abertura dos *Versos simples*.

De certo modo, nossa convicção mais íntima é a de que, se não existem restrições tão rígidas interpostas às "*licenças poéticas*" que os trovadores se concedem em seu lavor artesanal, tampouco as há para a legião de incansáveis tradutores que, em sua obstinada logomaquia, se empenham em oferecer aos leitores e leitoras de outros vernáculos o mesmo viço e frescor da criação original. Caberá ao receptor, obviamente, julgar se nosso propósito foi alcançado e se suas expectativas foram satisfeitas. Contudo, se acaso não lhe convierem os artifícios linguísticos aqui adotados, sinta-se à vontade para degustar a lírica de José Martí no belo idioma do poeta, já que a briosa Editora Expressão Popular optou por uma edição bilíngue. A iniciativa, diga-se por fim, serve não só para comprazer os amantes de Rubén Darío, Pablo Neruda, Gabriela Mistral e tantos outros menestréis da *Pátria Grande*, mas também contribui em larga escala para estreitar os laços de identidade entre dois povos – o cubano e o brasileiro – geograficamente bem distantes, porém histórica e culturalmente indissociáveis, não obstante todos os ardis e pressões do Império no intuito de nos afastar e nos dividir.

Vila Isabel, 30 de agosto de 2022.
Luiz Ricardo Leitão

Ismaelillo

Prólogo

Hijo:

Espantado de todo, me refugio en tí.
Tengo fe en el mejoramiento humano, en la vida futura, en la utilidad de la virtud, y en tí.
Si alguien te dice que estas páginas se parecen a otras páginas, diles que te amo demasiado para profanarte así. Tal como aquí te pinto, tal te han visto mis ojos. Con esos arreos de gala te me has aparecido. Cuando he cesado de verte en una forma, he cesado de pintarte. Esos riachuelos han pasado por mi corazón.
¡Lleguen al tuyo!

Prólogo

Filho:

Espantado com tudo, refugio-me em ti.
Tenho fé no melhoramento humano, na vida futura, na utilidade da virtude, e em ti.
Se alguém te disser que estas páginas se parecem com outras páginas, diz a eles que te amo demasiado para profanar-te assim.
Tal como aqui te retrato, da mesma forma te viram meus olhos. Com essas vestes de gala tu me apareceste. Quando deixei de ver-te dessa forma, deixei de pintar-te. Esses riachos passaram por meu coração.
Cheguem então ao teu!

Sueño despierto

Yo sueño con los ojos
Abiertos, y de día
Y noche siempre sueño.
Y sobre las espumas
Del ancho mar revuelto,
Y por entre las crespas
Arenas del desierto
Y del león pujante,
Monarca de mi pecho,
Montado alegremente
Sobre el sumiso cuello,
Un niño que me llama
Flotando siempre veo!

Sonho acordado

Eu sonho com os olhos
Abertos, e de dia
E de noite sempre sonho.
E sobre as espumas
Do largo mar revolto,
E por entre as onduladas
Areias do deserto
E do leão pujante,
Monarca de meu peito,
Montado alegremente
Sobre o servil pescoço,
Um menino que me chama
Flutuando sempre vejo!

Mi caballero

Por las mañanas
Mi pequeñuelo
Me despertaba
Con un gran beso.
Puesto a horcajadas
Sobre mi pecho,
Bridas forjaba
Con mis cabellos.
Ebrio él de gozo,
De gozo yo ebrio,
Me espoleaba
Mi caballero:
¡Qué suave espuela
Sus dos pies frescos!
¡Cómo reía
Mi jinetuelo!
Y yo besaba
Sus pies pequeños,
¡Dos pies que caben
En solo un beso!

Meu cavaleiro

Pelas manhãs
Meu pequenino
Me despertava
Com um grande beijo.
Montado com as pernas
Sobre meu peito,
Rédeas forjava
Com meus cabelos.
Ébrio ele de gozo,
De gozo eu ébrio,
Me esporeava
Meu cavaleiro:
Que suave espora
Seus dois pés delicados!
Como enfim ria o
Meu cavaleiro!
E eu beijava
Seus pés pequenos,
Dois pés que cabem
Em um só beijo!

Hijo del alma

¡Tú flotas sobre todo,
Hijo del alma!
De la revuelta noche
Las oleadas,
En mi seno desnudo
Déjante al alba;
Y del día la espuma
Turbia y amarga,
De la noche revuelta
Te echa en las aguas.
Guardiancillo magnánimo,
La no cerrada
Puerta de mi hondo espíritu
Amante guardas;
Y si en la sombra ocultas
Búscanme avaras,
De mi calma celosas,
Mis penas varias, –
En el umbral oscuro
Fiero te alzas,
¡Y les cierran el paso
Tus alas blancas!
Ondas de luz y flores
Trae la mañana,
Y tú en las luminosas
Ondas cabalgas.
No es, no, la luz del día
La que me llama,
Sino tus manecitas
En mi almohada.

Me hablan de que estás lejos:
¡Locuras me hablan!
Ellos tienen tu sombra;
¡Yo tengo tu alma!
Esas son cosas nuevas,
Mías y extrañas
Yo sé que tus dos ojos
Allá en lejanas
Tierras relampagüean. –
Y en las doradas
Olas de aire que baten
Mi frente pálida,
Pudiera con mi mano,
Cual si haz segara
De estrellas, segar haces
De tus miradas:
¡Tú flotas sobre todo,
Hijo del alma!

Filho da alma

Tu flutuas acima de tudo,
Filho da alma!
Da noite revolta
As ondas,
Em meu peito nu
Deixam-te ao amanhecer;
E do dia a espuma
Turva e amarga
Da noite revolta
Te lança nas águas.
Pequeno guardião magnânimo,
A descerrada
Porta de meu profundo espírito
Amante guardas;
E se na sombra, ocultas,
Buscam-me sedentas,
De minha calma ciosas,
Minhas penas várias,
No umbral escuro
Feroz te alças,
E lhes fecham a passagem
Tuas asas brancas!
Ondas de luz e flores
Traz a manhã,
E tu nas luminosas
Ondas cavalgas.
Não é, não, a luz do dia
A que me chama,
Mas sim tuas mãozinhas
Em minha almofada.

Me dizem que estás longe:
Loucuras me dizem!
Eles têm tua sombra;
Eu tenho tua alma!
Essas são coisas novas,
Minhas e estranhas.
Eu sei que teus dois olhos
Lá em longínquas
Terras relampejam, –
E nas douradas
Ondas de ar que batem
Em minha testa pálida,
Pudera com minha mão,
Como se um feixe colhesse
De estrelas, colher feixes
De teus olhares!
Tu flutuas acima de tudo,
Filho da alma!

Amor errante

Hijo, en tu busca
Cruzo los mares:
Las olas buenas
A ti me traen:
Los aires frescos
Limpian mis carnes
De los gusanos
De las ciudades;
Pero voy triste
Porque en los mares
Por nadie puedo
Verter mi sangre.
¿Qué a mí las ondas
Mansas e iguales?
¿Qué a mí las nubes,
Joyas volantes?
¿Qué a mí los blandos
Juegos del aire?
¿Qué la iracunda
Voz de huracanes?

A éstos - ¡la frente
Hecha a domarles!
¡A los lascivos
Besos fugaces
De las menudas
Brisas amables, –
Mis dos mejillas
Secas y exangües,
De un beso inmenso
Siempre voraces!
Y ¿a quién, el blanco
Pálido ángel
Que aquí en mi pecho
Las alas abre
Y a los cansados
Que de él se amparen
Y en él se nutran
Busca anhelante?
¿A quién envuelve
Con sus suaves

Amor errante

Filho, em busca de ti
Cruzo os mares:
As ondas boas
A ti me trazem:
Os ares frescos
Limpam minhas carnes
Dos vermes
Das cidades.
Mas sigo triste
Porque nos mares
Por ninguém posso
Verter meu sangue.
O que são para mim as ondas
Mansas e iguais?
O que são para mim as nuvens,
Essas joias aladas?
O que são para mim os suaves
Afagos do vento?
O que é para mim a furiosa
Voz dos furacões?

A estes – a testa
Feita para domá-los!
Aos lascivos
Beijos fugazes
Das leves
Brisas amáveis,
Minhas duas bochechas
Secas e exangues,
De um beijo imenso
Sempre vorazes!
E a quem o branco
Pálido anjo
Que aqui em meu peito
As asas abre
E aos cansados
Que nele se amparem
E nele se nutram
Busca ansioso?
A quem envolve
Com suas suaves

Alas nubosas
Mi amor errante?
¡Libres de esclavos
Cielos y mares,
Por nadie puedo
Verter mi sangre!

Y llora el blanco
Pálido ángel:
¡Celos del cielo
Llorar le hacen,
Que a todos cubre
Con sus celajes!
Las alas níveas
Cierra, y ampárase
De ellas el rostro

Inconsolable: –
Y en el confuso
Mundo fragante
Que en la profunda
Sombra se abre,
Donde en solemne
Silencio nacen
Flores eternas
Y colosales,
Y sobre el dorso
De aves gigantes
Despiertan besos
Inacabables, –
¡Risueño y vivo
Surge otro ángel

Asas nuviosas
Meu amor errante?
Livres de escravos
Céus e mares,
Por ninguém posso
Verter meu sangue!

E chora o branco
Pálido anjo:
Ciúmes do céu
Chorar o fazem,
Que a todos cobre
Com suas nuvens!
As asas níveas
Fecha, e ampara-se
Nelas o rosto

Inconsolável: –
E no confuso
Mundo recendente
Que na profunda
Sombra se abre,
Onde em solene
Silêncio nascem
Flores eternas
E colossais,
E sobre o dorso
De aves gigantes
Despertam beijos
Intermináveis,
Risonho e vivo,
Surge outro anjo!

Versos Libres

Versos livres

Mis versos

Estos son mis versos. Son como son. A nadie los pedí prestados. Mientras no pude encerrar íntegras mis visiones en una forma adecuada a ellas, dejé volar mis visiones: oh, cuánto áureo amigo que ya nunca ha vuelto. Pero la poesía tiene su honradez, y yo he querido siempre ser honrado. Recortar versos, también sé, pero no quiero. Así como cada hombre trae su fisonomía, cada inspiración trae su lenguaje. Amo las sonoridades difíciles, el verso escultórico, vibrante como la porcelana, volador como un ave, ardiente y arrollador como una lengua de lava. El verso ha de ser como una espada reluciente, que deja a los espectadores la memoria de un guerrero que va camino al cielo, y al envainarla en el sol, se rompe en alas.

Tajos son estos de mis propias entrañas, mis guerreros: – Ninguno me ha salido, recalentado, artificioso, recompuesto, de la mente; sino como las lágrimas salen de los ojos y la sangre sale a borbotones de la herida. No zurcí de este y aquel, sino sajé en mí mismo. Van escritos, no en tinta de Academia, sino en mi propia sangre. Lo que aquí doy a ver lo he visto antes, (yo lo he visto, yo). – Y he visto mucho más, que huyó sin darme tiempo a que copiara sus rasgos. – De la extrañeza, singularidad, prisa, amontonamiento, arrebato de mis visiones, yo mismo tuve la culpa, que las he hecho surgir ante mí como las copio. De la copia, yo soy el responsable. Hallé quebrantadas las vestiduras, y otras no y usé de estos colores. Ya sé que no son usados. – Amo las sonoridades difíciles y la sinceridad, aunque pueda parecer brutal. Todo lo que han de decir, ya lo sé, lo he meditado completo, y me lo tengo contestado.

He querido ser leal, y si pequé, no me arrepiento de haber pecado.

Meus versos

Estes são meus versos. São como são. A ninguém os pedi emprestados. Já que eu não pude plasmar plenamente minhas visões sob uma forma adequada, deixei voar minhas visões – oh, quantos amigos valiosos que nunca mais voltaram. Mas a poesia tem sua honestidade, e eu sempre quis ser honesto. Ajustar versos, também sei, mas não quero. Assim como cada ser humano carrega consigo uma fisionomia, cada inspiração possui sua linguagem. Amo as sonoridades difíceis, o verso escultórico, vibrante como a porcelana, esvoaçante como uma ave, ardente e esmagador como uma língua de lava. O verso há de ser como uma espada reluzente, que deixa nos espectadores a lembrança de um guerreiro que vai a caminho do céu e, ao embainhá-la no sol, se parte em asas.

Os talhos são estes de minhas próprias entranhas, meus guerreiros. Nenhum deles me veio – requentado, artificial ou recriado – da mente, mas sim como as lágrimas me saem dos olhos e o sangue salta aos borbotões da ferida. Eles não surgiram de tal ou qual motivo, mas sim de mim mesmo. Não vão escritos com a tinta da Academia, mas sim com meu próprio sangue. O que aqui lhes dou a ver eu já pude ver antes (eu o vi, eu). E já vi muito mais, que fugiu sem me dar tempo de copiar-lhe os traços. Da extravagância, singularidade, pressa, acumulação e explosão de minhas visões, eu mesmo tive a culpa, pois as fiz surgir diante de mim tais quais as copio. Da cópia, eu sou o responsável. Encontrei rasgadas as vestes, mas outras não, e me servi destas cores. Já sei que não são usadas. Amo as sonoridades difíceis e a sinceridade, ainda que possa parecer brutal. Tudo o que hão de dizer, já o sei, sobre isso meditei profundamente, e o trago comigo respondido.

Quis ser leal e, se pequei, não me arrependo de haver pecado.

[Contra el verso retórico...]

CONTRA el verso retórico y ornado
El verso natural. Acá un torrente:
Aquí una piedra seca. Allá un dorado
Pájaro, que en las ramas verdes brilla,
Como una marañuela entre esmeraldas. –
Acá la huella fétida y viscosa
De un gusano: los ojos, dos burbujas
De fango, pardo el vientre, craso, inmundo.
Por sobre el árbol, más arriba, sola
En el ciclo de acero una segura
Estrella; y a los pies el horno,
El horno a cuyo ardor la tierra cuece.
Llamas, llamas que luchan, con abiertos
Huecos como ojos, lenguas como brazos,
Saña como de hombre, punta aguda
Cual de espada: ¡la espada de la vida
Que incendio a incendio gana, al fin, la tierra!
Trepa; viene de adentro; ruge; aborta.
Empieza el hombre en fuego y para en ala.

[Contra o verso retórico...]

CONTRA o verso retórico e ornado
O verso natural. Por cá uma torrente:
Aqui uma pedra seca. Lá um dourado
Pássaro, que nos ramos verdes brilha,
Como uma marañuela* entre esmeraldas
Por cá o rastro fétido e viscoso
De um verme: os olhos, duas borbulhas
De lama, pardo o ventre, crasso, imundo.
Sobre a árvore, mais além, sozinha
No ciclo de aço uma sólida
Estrela; e ali aos seus pés o forno,
O forno em cujo ardor a terra assa.
Chamas, chamas que lutam, com buracos
Abertos como olhos, línguas como braços,
Fúria como de homem, ponta aguda
Qual de espada: a espada da vida que
Incêndio a incêndio vence, então, a terra!
Trepa; vem de dentro; ruge e aborta.
Começa o homem no fogo e para na asa.

---

* O vocábulo *marañuela* (ou, ainda, *capuchina*) designa a espécie vegetal *tropaeolum majus*, originária da América do Sul, uma planta trepadeira com mais de 1 m de comprimento, de flores bem vistosas, em tons de laranja e dourado e leves salpicos de vermelho. (N. T.)

Y a su paso triunfal, los maculados,
Los viles, los cobardes, los vencidos,
Como serpientes, como gozques, como
Cocodrilos de doble dentadura,
De acá, de allá, del árbol que le ampara,
Del suelo que le tiene, del arroyo
Donde apaga la sed, del yunque mismo
Donde se forja el pan, le ladran y echan
El diente al pie, al rostro el polvo y lodo,
Cuanto cegarle puede en su camino.
Él, de un golpe de ala, barre el mundo
Y sube por la atmósfera encendida
Muerto como hombre y como sol sereno.
Así ha de ser la noble poesía:
Así como la vida: estrella y gozque;
La cueva dentellada por el fuego,
El pino en cuyas ramas olorosas
A la luz de la luna canta un nido
Canta un nido a la lumbre de la luna

E a seu passo triunfal, os maculados,
Os vis, os covardes e os vencidos,
Como serpentes, como cães vadios* ou
Crocodilos de dupla dentição,
De cá, de lá, da árvore que o ampara,
Do solo que o abriga, do arroio
Onde mata a sede, da própria bigorna
Onde se forja o pão, latem e metem-lhe
O dente no pé, ao rosto a poeira e o lodo,
Tudo que possa cegá-lo no caminho
Ele, com um golpe de asa, varre o mundo
E sobe pela atmosfera candente
Morto como homem e como sol sereno.
Assim há de ser a nobre poesia:
Assim como a vida: estrela e cão vadio;
A caverna mordida pelo fogo,
O pinheiro em cujos ramos cheirosos
À luz fria da lua canta um ninho
Canta um ninho à luz fria da lua.

---

* No texto original, o vocábulo empregado por Martí é *"gozque"*, nome que, em espanhol, possui várias acepções, seja as de *"rufião"*, *"vadio"* ou *"vagabundo"*, seja a de *"pequeno cão abandonado que não para de latir"*, conforme nos observa a cubana Milaisa Arias, consultora do tradutor. Revendo as duas passagens em que o termo aparece, optamos pela expressão *"cão vadio"*. (N. T.)

Dos patrias

Dos patrias tengo yo: Cuba y la noche.
¿O son una las dos? No bien retira
Su majestad el sol, con largos velos
Y un clavel en la mano, silenciosa
Cuba cual viuda triste me aparece.
¡Yo sé cuál es ese clavel sangriento
Que en la mano le tiembla! Está vacío
Mi pecho, destrozado está y vacío
En donde estaba el corazón. Ya es hora
De empezar a morir. La noche es buena
Para decir adiós. La luz estorba
Y la palabra humana. El universo
Habla mejor que el hombre.

Cual bandera
Que invita a batallar, la llama roja
De la vela flamea. Las ventanas
Abro, ya estrecho en mí. Muda, rompiendo
Las hojas del clavel, como una nube
Que enturbia el cielo, Cuba, viuda, pasa...

Duas pátrias

Duas pátrias tenho eu: Cuba e a noite.
Ou são ambas uma só? Mal se retira
Sua Majestade o sol, com longos véus
E um cravo na mão, a silenciosa
Cuba, qual triste viúva, me surge.
Eu sei qual é esse cravo sangrento
Que em sua mão treme! Está vazio
Meu peito, destroçado está e vazio
Onde estava o coração. Já é hora de
Começar a morrer. A noite é boa
Para dizer adeus. A luz molesta
E a palavra humana. O universo
Fala melhor que o homem.

Qual bandeira
Que convida a lutar, a chama rubra
Das velas flameja. As janelas
Abro, já encolhido em mim. Muda, rompendo
As folhas do cravo, como uma nuvem
que obscurece o céu, Cuba viúva passa...

Domingo triste

Las campanas, el Sol, el cielo claro
Me llenan de tristeza, y en los ojos
Llevo un dolor que el verso compasivo mira,*
Un rebelde dolor que el verso rompe
Y es ¡oh mar! la gaviota pasajera
¡Que rumbo a Cuba va sobre tus olas!

Vino a yerme un amigo, y a mí mismo
Me preguntó por mí; ya en mí no queda
Más que un reflejo mío, como guarda
La sal del mar la concha de la orilla.
Cáscara soy de mí, que en tierra ajena
Gira, a la voluntad del viento huraño,
Vacía, sin fruta, desgarrada, rota.
Miro a los hombres como montes; miro
Como paisajes de otro mundo, el bravo
Codear, el mugir, el teatro ardiente
De la vida en mi torno: Ni un gusano
Es ya más infeliz; ¡suyo es el aire!,
¡Y el lodo en que muere es suyo!
Siento la coz de los caballos, siento
Las ruedas de los carros; mis pedazos
Palpo: ya no soy vivo; ni lo era
Cuando el barco fatal levó las anclas
¡Que me arrancaron de la tierra mía!

---
* Na fonte citada, o verso apresenta a seguinte construção: "*Llevo un dolor que todo el mundo mira*". O tradutor, porém, consultando outras edições, optou pela forma aqui consignada. (N. T.)

Domingo triste

Os sinos, o Sol, o céu claro
Me enchem de tristeza, e nos olhos trago
Uma dor que o verso piedoso olha,
Uma rebelde dor que o verso aplaca
E é – ó mar! – a gaivota passageira que
Rumo a Cuba vai sobre tuas ondas!

Veio ver-me um amigo, e a mim mesmo
Perguntou por mim; já não há em mim
Mais que um reflexo meu, tal como guarda
O sal do mar a concha presa à areia.
Casca sou de mim, que em terra alheia
Gira, ao sabor do vento delicado,
Oca, sem fruta, desgarrada, morta.
Olho os homens como montes; e vejo,
Como paisagens de outro mundo, o tenso
Convívio, o rumor, o teatro ardente
Da vida ao meu redor. Nem um verme
É assim tão infeliz: é seu o ar!
E o lodo em que morre também é seu!
Sinto o coice dos cavalos e sinto
As rodas dos carros; os meus pedaços
Toco: já não estou vivo; nem estava
Quando o barco fatal levantou as âncoras
Que me arrancaram da minha terra!

Al extranjero

I

HOJA tras hoja de papel consumo:
Rasgos, consejos, iras, letras fieras
Que parecen espadas. Lo que escribo,
Por compasión lo borro, porque el crimen,
El crimen es al fin de mis hermanos.
Huyo de mí, tiemblo del sol; quisiera
Saber dónde hace el topo su guarida,
Dónde oculta su escama la serpiente,
Dónde sueltan la carga los traidores,
Y dónde no hay honor, sino ceniza:
¡Allí, mas sólo allí, decir pudiera
Lo que dicen y viven!, ¡que mi patria
Piensa en unirse al bárbaro extranjero!

II

Yo callaré; yo callaré; que nadie
Sepa que vivo: que mi patria nunca
Sepa que en soledad muero por ella.
Si me llaman, iré; yo sólo vivo
Porque espero a servirla; así, muriendo,
La sirvo yo mejor que husmeando el modo
¡De ponerla a los pies del extranjero!

Ao estrangeiro

I
Folha e mais folha de papel consumo:
Traços, conselhos, ódios, letras brutas
Que parecem espadas: O que escrevo,
Por compaixão apago, porque o crime,
O crime é afinal de meus irmãos.
Fujo de mim, tremo com o sol; quisera
Saber onde a toupeira se esconde,
Onde oculta sua escama a serpente,
Onde soltam a carga os traidores,
E onde não há honra, apenas cinza:
Lá, somente lá, poderei dizer o
Que dizem e vivem! Que minha pátria
Pensa em unir-se ao bárbaro estrangeiro!

II
Eu calarei; eu calarei; que ninguém
Saiba que vivo; que minha pátria nunca
Saiba que na solidão morro por ela.
Se me chamam, irei; eu somente vivo
Porque espero servi-la; assim, morrendo
Sirvo-a melhor do que fuçando o jeito
De fazê-la prostrar-se aos pés do estrangeiro!

[Mis versos van revueltos y encendidos]

Mis versos van revueltos y encendidos
Como mi corazón: bien es que corra
Manso el arroyo que en el fácil llano
Entre céspedes frescos se desliza:
Ay!: pero el agua que del monte viene
Arrebatada; que por hondas breñas
Baja, que la destrozan; que en sedientos
Pedregales tropieza, y entre rudos
Troncos salta en quebrados borbotones,
¿Cómo, despedazada, podrá luego
Cual lebrel de salón, jugar sumisa
En el jardín podado con las flores,
O en la pecera de oro ondear alegre
Para querer de damas olorosas?

Inundará el palacio perfumado
Como profanación: se entrará fiera
Por los joyantes gabinetes, donde
Los bardos, lindos como abates, hilan
Tiernas quintillas y romances dulces
Con aguja de plata en blanca seda.
Y sobre sus divanes espantadas
Las señoras, los pies de media suave
Recogerán, – en tanto el agua rota, –
Convulsa, como todo lo que expira,
Besa humilde el chapín abandonado,
Y en bruscos saltos destemplada muere!

[Meus versos saem embaralhados e em chamas]

Meus versos saem embaralhados e em chamas
Como meu coração. É possível que corra
Manso o arroio que na suave planície
Entre gramados tão frescos desliza.
Ai! Porém a água que do monte vem
Arrebatada; que por profundas brenhas
Desce, que até a destroçam; que em sedentos
Seixos tropeça, e por entre os mais rudes
Troncos salta em sinuosos borbotões,
Como, despedaçada, poderá enfim,
Como um galgo de salão, brincar submissa
No jardim podado com as flores,
Ou no aquário dourado fluir alegre
Para o capricho de damas bem cheirosas?

Inundará o palácio perfumado
Como profanação; entrará feroz
Pelos reluzentes gabinetes, onde
Os bardos, lindos como abades, costuram
Suaves quintilhas e romances doces
Com agulha de prata em branca seda.
E sobre seus divãs, espantadas,
As senhoras, seus pés em meia macia
Recolherão, enquanto a água que se esvai,
Convulsa, como tudo aquilo que expira,
Beija humilde o barquinho abandonado,
E em bruscos saltos desenfreada morre!

Mi poesía

Muy fiera y caprichosa es la Poesía,
A decírselo vengo al pueblo honrado:
La denuncio por fiera. Yo la sirvo
Con toda honestidad: no la maltrato;
No la llamo a deshora cuando duerme,
Quieta, soñando, de mi amor cansada,
Pidiendo para mí fuerzas al cielo;
No la pinto de gualda y amaranto
Como aquellos poetas; no le estrujo
En un talle de hierro el franco seno;
Y el cabello dorado, suelto al aire,
Ni con cintas retóricas le cojo:
No: no la pongo en lindas vasijas
Que morirán; sino la vierto al mundo;
A que cree y fecunde, y ruede y crezca
Libre cual las semillas por el viento.
Eso sí: cuido mucho de que sea
Claro el aire en su torno: musicales,
Las ramas que la amparan en el sueño,
Y limpios y aromados sus vestidos. –
Cuando va a la ciudad, mi Poesía
Me vuelve herida toda, el ojo seco
Y como de enajenado, las mejillas
Como hundidas, de asombro: los dos labios
Gruesos, blandos, manchados; una que otra
Gota de cieno en ambas manos puras
Y el corazón, por bajo el pecho roto
Como un cesto de ortigas encendido:
Así de la ciudad me vuelve siempre:

Minha poesia

Bem feroz e caprichosa é a Poesia,
Para dizê-lo venho ao povo honrado:
Eu a acuso de ser feroz. E a sirvo
Com toda a honestidade: não a maltrato;
Não a chamo mais tarde quando dorme
Quieta, sonhando, de meu amor cansada,
Pedindo para mim forças ao céu;
Não a pinto de ouro e amaranto
Como aqueles poetas; não lhe aperto
Em um molde de ferro o livre peito;
E o cabelo dourado, solto ao vento
Nem com fitas retóricas o prendo;
Não: eu não a ponho em lindos vasos
Que morrerão, mas sim a verto ao mundo;
Para que medre e fecunde, e gire e cresça
Livre tais quais as sementes pelo vento.
Isto sim: faço questão de que seja
Claro o ar ao seu redor: musicais
Os ramos que lhe amparam o sono
E limpos e cheirosos seus vestidos.
Quando vai à cidade, minha Poesia
Volta toda ferida, o olho seco
E com ar alienado, as bochechas
Muito fundas, de assombro; os dois lábios
Grossos, macios, manchados; uma e outra
Gota de lama em ambas as mãos puras
E o coração, sob o peito alquebrado
Como um cesto de urtigas em chamas.
Assim da cidade ela volta sempre:

Mas con el aire de los campos cura
Bajo del cielo en la serena noche
Un bálsamo que cierra las heridas.
¡Arriba oh corazón!: ¿quién dijo muerte?

Yo protesto que mimo a mi Poesía:
Jamás en sus vagares la interrumpo,
Ni de su ausencia larga me impaciento.
¡Viene a veces terrible! Ase mi mano,
Encendido carbón me pone en ella
¡Y cual por sobre montes me la empuja!
Otras ¡muy pocas! viene amable y buena,
Y me amansa el cabello; y me conversa
Del dulce amor, ¡y me convida a un baño!
Tenemos ella y yo, cierto recodo
Púdico en lo más hondo de mi pecho:
¡Envuelto en olorosa enredadera! –
Digo que no la fuerzo, y jamás la adorno,
Y sé adornar, jamás la solicito,
Aunque en tremendas sombras suelo a veces
Esperarla, llorando, de rodillas,
Ella ¡oh coqueta grande! en mi noche
Airada entra, la faz sobre ambas manos
Mirando como crecen las estrellas.
Luego, con paso de ala, envuelta en polvo
De oro, baja hasta mí, resplandeciente.
Viome un día infausto, rebuscando necio–
Perlas, zafiros, ónices, cruces
Para ornarle la túnica a su vuelta.
Ya de mi lado, piedras tenía
Cruces y acicaladas en hilera,
Octavas de claveles; cuartetines
De flores campesinas; tríos, dúos
De ardiente loro y pálida azucena

Mas com o ar dos campos ela acolhe
Sob o céu na serena noite
Um bálsamo que lhe fecha as feridas.
Avante, ó coração! Quem disse morte?

Eu declaro que mimo a minha Poesia;
Jamais em suas andanças a interrompo,
Nem por sua larga ausência me inquieto.
Vem por vezes terrível! Pega minha mão,
Um carvão aceso nela me põe
E sinto que sobre montes me empurra
Outras – bem poucas! – vem amável e boa,
E me amansa o cabelo; e me fala
Do doce amor, e me convida a um banho!
Temos ela e eu um certo recanto
Pudico no mais fundo de meu peito
Envolto em olorosa trepadeira!
Digo que não a forço e jamais a adorno,
E sei adornar – jamais solicito –,
Mas em largas sombras costumo às vezes,
Esperá-la, chorando, de joelhos,
Ela, ó ser coquete, em minha noite
Irada entra, o rosto sobre as mãos
Olhando como crescem as estrelas.
Depois, bate asas, envolta em pó
De ouro, desce até mim, resplandecente.
Viu-me um dia fatal, buscando, tolo,
Pérolas, safiras, ônix, cruzes
Para lhe ornar a túnica ao redor.
Já ao meu lado, pedras reunia
Cruzes e, bem dispostas em fileira,
Oitavas de cravos; singelas quadras
De flores campestres; tercetos, dísticos
De ardente louro e pálida açucena

¡Qué guirnaldas de décimas! ¡qué flecos
De sonoras quintillas! ¡qué ribetes
De pálido romance! ¡qué lujosos
Broches de rima rara! ¡qué repuesto
De mil consonantes serviciales
Para ocultar con juicio las junturas:
Obra, en fin, de suprema joyería! –
Mas de pronto una lumbre silenciosa
Brilla; las piedras todas palidecen,
Como muertas, las flores caen en tierra
Lívidas, sin colores: ¡es que bajaba
De ver nacer los astros mi Poesía! –
Como una cesta de caretas rotas
Eché a un lado mis versos. Digo al pueblo
Que me tiene oprimido mi Poesía:
Yo en todo la obedezco: apenas siento
Por cierta voz del aire que conozco
Su próxima llegada, pongo en fiesta
Cráneo y pecho; levántanse en la mente,
Alados, los corceles; por las venas
La sangre ardiente al paso se dispone;
El aire ansío, alejo las visitas,
Muevo el olvido generoso, ¡y barro
De mí las impurezas de la tierra!
¡No es más pura que mi alma la paloma
Virgen que llama a su primer amigo!
Baja: vierte en mi mano unas extrañas
Flores que el cielo da, flores que queman; –
Como de un mar que sube, sufre el pecho,
Y a la divina voz, la idea dormida,
Royendo con dolor la carne tersa
Busca, como la lava, su camino
De hondas grietas el agujero luego queda,
Como la falda de un volcán cruzado

Que guirlandas de décimas! Que feixes
De sonoras quintilhas! Que enfeites
De pálido romance! Que luxuosos
Broches de rima rara! Que estoque
De mil consoantes sempre servis
Para esconder com estilo as costuras.
Obra, enfim, de sublime joalheria! –
Mas súbito uma luz silenciosa
Brilha; as pedras todas empalidecem,
Como mortas, as flores caem por terra
Lívidas, sem cores: é que voltava de
Ver nascer os astros minha Poesia! –
Como uma cesta de máscaras velhas
Joguei de lado os versos. Digo ao povo
Que sou oprimido por minha Poesia:
Em tudo lhe obedeço: tão logo ouço
Por uma voz do vento que conheço
Sua iminente chegada, ponho em festa
Crânio e peito; levantam-se na mente,
Alados, os corcéis; e pelas veias
O sangue ardente ao encontro aflui;
Pelo ar anseio, afasto as visitas,
Fujo da ausência generosa e varro
De mim as impurezas da terra!
Não é mais pura que minh'alma a pomba
Virgem que chama o primeiro amigo!
Desce: verte em minhas mãos umas raras
Flores que o céu dá, flores que queimam –
Tal qual um mar que sobe, sofre o peito,
E a divina voz, a ideia dormente
Roendo com dor a carne macia,
Busca, como a lava, seu caminho.
Profundos sulcos laceram o buraco,
Como o sopé de um vulcão riscado;

Precio fatal de los amores con el cielo:
Yo en toda la obedezco; yo no esquivo
Estos padecimientos, yo le cubro
De unos besos que lloran, sus dos blancas
Manos que así me acabarán la vida.
Yo ¡qué más! cual de un crimen ignorado
Sufro, cuando no viene: yo no tengo
Otro amor en el mundo ¡oh mi poesía!
¡Como sobre la pampa el viento negro
Cae sobre mí tu enojo! ¡oh vuelve, vuelve,
A mí, que te respeto el rostro amigo.
De su altivez me quejo al pueblo honrado:
De su soberbia femenil. No sufre
Espera. No perdona. Brilla, y quiere
Que con el limpio brillo del acero
Ya al verso al mundo cabalgando salga; –
Tal, una loca de pudor, apenas
Un minuto al artista el cuerpo ofrece
Para que esculpa en mármol su hermosura! –
¡Vuelan las flores que del cielo bajan,
Vuelan, como irritadas mariposas,
Para jamás volver, las crueles vuelan...

Preço fatal dos amores com o céu.
Eu em tudo lhe obedeço: não fujo
Desses padecimentos, eu a cubro
De beijos que choram as duas brancas
Mãos que assim me acabarão com a vida.
Eu – o que mais! – como de um crime ignoto
Sofro, quando não vem: eu não tenho
Outro amor no mundo – oh, minha poesia!
Como sobre os pampas o vento negro,
Cai sobre mim tua raiva! Oh, volta, volta
Para mim, que te respeito, o rosto amigo!
De sua altivez me queixo ao povo nobre:
Da soberba feminina. Não sofre.
Espera. Não perdoa. Brilha e quer
Que, com o limpo lampejo do aço,
Já o verso ao mundo cavalgando saia –
Qual uma louca recatada raramente
Um minuto ao artista o corpo oferece
Para que lhe esculpa em mármore a beleza! –
Voam as flores que do céu descem,
Voam, como irritadas borboletas,
Para jamais voltar, as cruéis voam...

Versos sencillos

Versos simples

A Manuel Mercado, de México.
A Enrique Estrázulas, de Uruguay.

Mis amigos saben cómo se me salieron estos versos del corazón. Fue aquel invierno de angustia, en que por ignorancia, o por fe fanática, o por miedo, o por cortesía, se reunieron en Washington, bajo el águila temible, los pueblos hispanoamericanos. ¿Cuál de nosotros ha olvidado aquel escudo, el escudo en que el águila de Monterrey y Chapultepec, el águila de López y de Walker, apretaba en sus garras los pabellones todos de la America? Y la agonía en que viví, hasta que pude confirmar la cautela y el brío de nuestros pueblos; y el horror y vergüenza en que me tuvo el temor legítimo de que pudiéramos los cubanos, con manos parricidas, ayudar el plan insensato de apartar a Cuba, para bien único de un nuevo amo disimulado, de la patria que la reclama y en ella se completa, de la patria hispano-americana,– me quitaron las fuerzas mermadas por dolores injustos. Me echó el médico al monte: corrían arroyos, y se cerraban las nubes: escribí versos. A veces ruge el mar, y revienta la ola, en la noche negra, contra las rocas del castillo ensangrentado: a veces susurra la abeja, merodeando entre las flores.

¿Por qué se publica esta sencillez, escrita como jugando, y no mis encrespados *Versos Libres*, mis endecasílabos hirsutos, nacidos de grandes miedos o de grandes esperanzas, o de indómito amor de libertad, o de amor doloroso a la hermosura, como riachuelo de oro natural, que va entre arena y aguas turbias y raíces, o como hierro caldeado, que sirva y chispea, o como surtidores candentes? ¿Y mis *Versos Cubanos*, tan llenos de enojo que están mejor donde no se les ve? ¿Y tanto pecado mío escondido, y tanta prueba ingenua y rebelde de literatura? ¿Ni a qué exhibir ahora, con ocasión de estas flores silvestres, un curso de mi poética, y decir por qué repito un consonante de propósito, o los gradúo o agrupo de modo que vayan por la vista y el oído al sentimiento, o salto por ellos, cuando no pide rimas ni soporta repujos la idea tumultuosa?

Se imprimen estos versos porque el afecto con que los acogieron, en una noche de poesía y amistad, algunas almas buenas, los ha hecho ya públicos. Y porque amo la sencillez, y creo en la necesidad de poner el sentimiento en formas llanas y sinceras.

José Martí
Nueva York, 1891.

A Manuel Mercado, do México.
A Enrique Estrázulas, do Uruguay.

M eus amigos sabem como estes versos me saíram do coração. Foi aquele inverno de angústia, em que, por ignorância, ou por credo fanático, ou por medo, ou por educação, se reuniram em Washington, sob a temível águia, os povos hispano-americanos. Qual de nós pôde esquecer aquele escudo, o escudo no qual a águia de Monterrey e Chapultepec, a águia de López e de Walker,[*] aprisionava com suas garras todos os pavilhões da América? E a agonia que vivi, até que pude perceber a cautela e o brio de nossos povos. E o horror e a vergonha que tomaram conta de mim face ao temor legítimo de que pudéssemos os cubanos, com mãos parricidas, colaborar com o plano insensato de separar Cuba, para proveito único de um novo senhor disfarçado, da pátria que a reclama e nela se completa, da pátria hispano-americana. Foram-se as minhas forças, esgotadas por dores injustas. Mandou-me o médico

---

[*] Neste trecho, Martí explora o valor simbólico da águia, que aparece no escudo dos EUA (na figura da águia-de-cabeça-branca) e, também, no brasão da bandeira mexicana (em que a mítica ave surge com uma serpente presa pelas garras e pelo bico). Referindo-se à sanha expansionista dos EUA, já patente no século XIX, ele cita alvos do imperialismo ianque e da ocupação ibérica, como Monterrey (cidade onde se travou histórica batalha na Guerra Mexicano-americana de 1846-48) e Chapultepec (colina na Cidade do México que abrigava a civilização asteca e depois sediou o palácio dos vice-reis de Nova Espanha na era colonial). Note-se ainda a menção a William Walker, feroz mercenário que, sob a proteção de Washington, invadiu a Nicarágua, Granada e Honduras, onde foi morto em 1860. (N. T.)

à montanha; corriam arroios e se cerravam as nuvens: escrevi versos. Por vezes ruge o mar e a onda se choca, na noite negra, contra as rochas do castelo ensanguentado; por vezes sussurra a abelha, esvoaçando entre as flores.

Por que se publica esta obra simples, escrita como um passatempo, e não os meus indignados *Versos Libres*, meus hendecassílabos ríspidos, nascidos de grandes medos e grandes esperanças, ou ainda de um indômito amor pela liberdade, de um amor doloroso pela formosura, como regato de ouro natural, que corre entre areia, águas turvas e raízes, ou como ferro em brasa, que faísca, ou como jatos escaldantes? E meus *Versos Cubanos*, tão cheios de raiva que devem ficar onde ninguém os veja? E tanto pecado que trago escondido; e tanto ensaio ingênuo e rebelde de literatura? E a quem exibir agora, por ocasião destas flores silvestres, um curso de minha poética e dizer por que repito de propósito uma consoante, ou como componho os versos e os agrupo de modo que cheguem pelo olhar e pelo ouvido ao sentimento, ou então como salto por eles, quando não pede rimas nem admite ornatos a ideia impetuosa?

Se imprimem estes versos, é porque o afeto com que os acolheram algumas almas boas, em uma noite de poesia e amizade, já os tornou públicos. E porque amo a simplicidade e creio na necessidade de expressar o sentimento em formas simples e sinceras.

José Martí
Nova York, 1891.

I

Yo soy un hombre sincero
De donde crece la palma.
Y antes de morirme quiero
Echar mis versos del alma.

Yo vengo de todas partes,
Y hacia todas partes voy:
Arte soy entre las artes,
En los montes, monte soy.

Yo sé los nombres extraños
De las yerbas y las flores,
Y de mortales engaños,
Y de sublimes dolores.

Yo he visto en la noche oscura
Llover sobre mi cabeza
Los rayos de lumbre pura
De la divina belleza.

Alas nacer vi en los hombros
De las mujeres hermosas:
Y salir de los escombros,
Volando las mariposas.

He visto vivir a un hombre
Con el puñal al costado,
Sin decir jamás el nombre
De aquélla que lo ha matado.

I

Eu sou um homem sincero
De onde cresce a palmeira
E antes de morrer quero
Verter meus versos da alma.

Eu venho de todas as partes
E a todas as partes vou:
Arte sou entre as artes,
E nos montes, monte sou.

Eu sei os nomes estranhos
Das ervas e tantas flores,
Além dos mortais enganos
E das mais sublimes dores.

Eu vi na noite escura
Chover em minha cabeça
Os raios de luz tão pura
Da mais divina beleza.

Asas vi nascer nos ombros
Das mulheres atraentes:
E escapulir dos escombros
Voando as borboletas.

Eu vi viver um homem
Com o punhal ao seu lado,
Sem jamais dizer o nome
Daquela que o matara.

Rápida como un reflejo,
Dos veces vi el alma, dos:
Cuando murió el pobre viejo,
Cuando ella me dijo adiós.

Temblé una vez en la reja,
A la entrada de la viña,
Cuando la bárbara abeja
Picó en la frente a mi niña.

Gocé una vez, de tal suerte
Que gocé cual nunca: cuando
La sentencia de mi muerte
Leyó el alcalde llorando.

Oigo un suspiro, a través
De las tierras y la mar,
Y no es un suspiro; es
Que mi hijo va a despertar.

Si dicen que del joyero
Tome la joya mejor,
Tomo a un amigo sincero
Y pongo a un lado el amor.

Yo he visto al águila herida
Volar al azul sereno,
Y morir en su guarida
La víbora del veneno.

Yo sé bien que cuando el mundo
Cede, lívido, al descanso,
Sobre el silencio profundo
Murmura el arroyo manso.

Rápida como um espelho,
Vi a alma duas vezes:
Quando morreu o pobre velho,
Quando ela me disse adeus.

Tremi uma vez na cerca,
Bem na entrada da vinha,
Quando a bárbara abelha
Picou na testa minha filha.

Gozei uma vez de tal sorte
Que igual nunca gozei: quando
A pena de minha morte
Leu o alcaide chorando.

Ouço um suspiro através
Das terras e o vasto mar,
E não é um suspiro; é que
Meu filho vai despertar.

Se dizem que do joalheiro
Pega-se a joia melhor,
Tomo um amigo sincero
E ponho ao lado o amor.

Eu vi a águia ferida
Voar pelo azul sereno,
E morrer em sua guarida
A víbora do veneno.

Eu bem sei que quando o mundo
Cede, lívido, ao descanso,
Sobre o silêncio profundo
Murmura o arroio manso.

Yo he puesto la mano osada
De horror y júbilo yerta,
Sobre la estrella apagada
Que cayó frente a mi puerta.

Oculto en mi pecho bravo
La pena que me lo hiere:
El hijo de un pueblo esclavo
Vive por él, calla y muere.

Todo es hermoso y constante,
Todo es música y razón,
Y todo, como el diamante,
Antes que luz es carbón.

Yo sé que el necio se entierra
Con gran lujo y con gran llanto,
Y que no hay fruta en la tierra
Como la del camposanto.

Callo, y entiendo, y me quito
La pompa del rimador;
Cuelgo de un árbol marchito
Mi muceta de doctor.

Eu pousei a mão ousada
De horror e júbilo hirta,
Sobre a estrela apagada
Que caiu à minha porta.

Oculto em meu peito bravo
A pena que me corrói:
O filho de um povo escravo
Por quem vive, cala e morre.

Tudo é formoso e constante,
Tudo é música e razão,
E tudo, como o diamante,
Antes que luz é carvão.

Eu sei que o néscio se enterra
Com enorme luxo e pranto,
E que não há fruta na terra
Igual à do campo-santo.

Calo, e entendo, e me dispo
Da pompa do trovador;
Penduro na árvore murcha
Meu jaleco de doutor.

V

Si ves un monte de espumas
Es mi verso lo que ves:
Mi verso es un monte, y es
Un abanico de plumas.

Mi verso es como un puñal
Que por el puño echa flor:
Mi verso es un surtidor
Que da un agua de coral.

Mi verso es de un verde claro
Y de un carmín encendido:
Mi verso es un ciervo herido
Que busca en el monte amparo.

Mi verso al valiente agrada:
Mi verso, breve y sincero,
Es del vigor del acero
Con que se funde la espada.

V

Se vês um monte de espumas
É meu verso o que tu vês
Meu verso é um monte e é
Também um leque de plumas.

Meu verso é como um punhal
Que do punho lança flores
Meu verso é uma fonte
Que jorra água de coral.

Meu verso é de um verde claro
E de um carmim luzidio
Meu verso é um cervo ferido
Que busca no monte amparo.

Meu verso ao valente agrada
Meu verso, breve e sincero,
Possui o vigor do aço
Com que se funde a espada.

VIII

Yo tengo un amigo muerto
Que suele venirme a ver:
Mi amigo se sienta, y canta;
Canta en voz que ha de doler.

"En un ave de dos alas
"Bogo por el cielo azul:
"Un ala del ave es negra
"Otra de oro Caribú.

"El corazón es un loco
"Que no sabe de un color:
"O es su amor de dos colores,
"O dice que no es amor.

"Hay una loca más fiera
"Que el corazón infeliz:
"La que le chupó la sangre
"Y se echó luego a reír.

"Corazón que lleva rota
"El ancla fiel del hogar,
"Va como barca perdida,
"Que no sabe a dónde va."

VIII

Eu tenho um amigo morto
Que costuma vir me ver
Meu amigo se senta e canta;
Canta em voz que há de doer.

"Em uma ave de duas asas
Navego pelo céu azul
Uma asa da ave é negra
Outra de ouro *Caribu*.*

O coração é um louco
Que não tem só uma cor:
Ou é amor de duas cores,
Ou diz que não é amor.

Há uma louca mais selvagem
Que o coração infeliz:
A que lhe chupou o sangue
E logo se pôs a rir.

Coração que traz ferida
A âncora fiel do lar,
Vai como barca perdida,
Que não sabe aonde chegar."

---

* O substantivo "caribu", em espanhol, designa a rena selvagem do Canadá (*Rangifer Tarandus*), mamífero cervídeo que vive na zona mais setentrional da América do Norte. (N. T.)

XLV

Sueño con claustros de mármol
Donde en silencio divino
Los héroes, de pie, reposan:
¡De noche, a la luz del alma,
Hablo con ellos: de noche!
Están en fila: paseo
Entre las filas: las manos
De piedra les beso: abren
Los ojos de piedra: mueven
Los labios de piedra: tiemblan
Las barbas de piedra: empuñan
La espada de piedra: lloran:
¡Vibra la espada en la vaina!
Mudo, les beso la mano.

¡Hablo con ellos, de noche!
Están en fila: paseo
Entre las filas: lloroso
Me abrazo a un mármol: "¡Oh mármol,
Dicen que beben tus hijos
Su propia sangre en las copas
Venenosas de sus dueños!
¡Que hablan la lengua podrida

XLV

Sonho com claustros de mármore
Onde em silêncio divino
Os heróis, de pé, repousam
De noite, aos fulgores da alma,
Falo com eles, de noite.
Estão em fila; passeio
Por entre as filas; as mãos
De pedra lhes beijo; entreabrem
Os olhos de pedra; movem
Os lábios de pedra; tremem
As barbas de pedra; empunham
A espada de pedra; choram;
Vibra a espada na bainha!
Calado lhes beijo as mãos.

Falo com eles, de noite.
Estão em fila; passeio
Por entre as filas; choroso
Me abraço a um mármore. – "Ó mármore,
Dizem que bebem teus filhos
O próprio sangue nas taças
Envenenadas de seus senhores!
Que falam a língua torpe

De sus rufianes! ¡Que comen
Juntos el pan del oprobio,
En la mesa ensangrentada!
!Que pierden en lengua inútil
El último fuego! ¡Dicen,
Oh mármol, mármol dormido,
Que ya se ha muerto tu raza!"
Échame en tierra de un bote
El héroe que abrazo: me ase
Del cuello: barre la tierra
Con mi cabeza: levanta
El brazo, ¡el brazo le luca
Lo mismo que un sol!: resuena
La piedra: buscan el cinto
Las manos blancas: ¡del sólo
Saltan los hombres de mármol!

De seus rufiões! Que comem
Juntos o pão da desonra
Na mesa suja de sangue!
Que gastam tagarelando
As últimas forças! Dizem,
Ó mármore adormecido,
Que já está morta tua raça!"
Atira-me à terra então,
Esse herói que abraço; agarra-me
O pescoço; varre a terra
Com meus cabelos; levanta
O braço; este resplandece
Como se fora um sol; ressoa
A pedra; buscam o cinto
As mãos diáfanas; da peanha
Saltam os homens de mármore!

Breve notícia sobre o organizador

D outor em Estudos Literários pela *Universidad de La Habana* (Cuba), onde ministrou aulas de Literatura Brasileira no Programa de Pós-graduação em Letras, **Luiz Ricardo Leitão** é escritor e professor associado da UERJ. Além de possuir textos publicados em diversas revistas e jornais do Brasil e do exterior, é autor dos ensaios *Lima Barreto – o rebelde imprescindível* (2006) e *Noel Rosa – Poeta da Vila, Cronista do Brasil* (2009).

Atualmente, é supervisor editorial do *Acervo Universitário do Samba*, projeto da UERJ dedicado a grandes nomes do samba carioca, pelo qual lançou *Aluísio Machado: Sambista de Fato, Rebelde por Direito* (2015), *Zé Katimba: Antes de Tudo um Forte* (2016), *Rosa Magalhães: a moça prosa da avenida* (2019), *Tiãozinho da Mocidade e os bambas de Padre Miguel* (2022) e *Samba, Democracia e Sociedade* (2022), organizado com Marcelo Braz.

Na área didática, escreveu ainda as obras *Gramática Crítica: o culto e o coloquial no português brasileiro* (5ª ed., 2016) e *O campo e a cidade na literatura brasileira* (2007), além de organizar a série *Redação de Textos Dissertativos* (Editora Ferreira).

Este livro foi impresso na Gráfica Cromosete, no mês de janeiro de 2023, ano do 170º aniversário de nascimento de José Martí (1853-1995).